婚約破棄された才女ですが
軍人皇子と
溺愛レッスン始めます!

逢矢沙希

Vanilla文庫

JN031835

婚約破棄された才女ですが軍人皇子と溺愛レッスン始めます！

目次

序章…… 7
第一章…… 10
第二章…… 62
第三章…… 138
第四章…… 176
第五章…… 227
終章…… 299
あとがき…… 301

イラスト／赤羽チカ

序章

その人の姿は、とても鮮烈にジュリアの記憶に残った。

長く続いていた隣国との紛争を見事に治め、王都へと凱旋《がいせん》した軍を指揮していたのは、我がガーランド帝国にたった二人しか存在しない皇子の弟の方だ。

尊く希少な血筋だというのに、第二皇子の姿をこの時までジュリアが一度も目にしたことがなかったのは、彼の人生の大半が皇城ではなく帝国軍に預けられていたから。

将来皇帝として国を治める皇太子と共に、第二皇子には国を守る存在となってほしい。

それが彼を物心つかぬ幼い頃から軍へ入隊させた皇帝と皇后の建前だったが、真実は皇后が血の繋《つな》がらぬ側妃の子を疎み、その死を望んで軍に送り込んだのだと噂《うわさ》されている。

第二皇子は皇后が産んだ上の皇子よりも、父である皇帝に良く似ている。

そして皇帝は愛した側妃の残した、自分と良く似た子が皇后に害されないよう、あえて彼女の力の及ばない場所へ逃したのだとも言われている。

実際のところ、それが本当のことかは判《わか》らない。

（……でも、多分本当のことよね。だって建前通りの言葉が正しいなら、たとえ軍籍に入れたとしても皇子としての教育は施すはずだもの）

現在、第二皇子サイファス・ギル・ガーランドには皇子として必要な教養がない、と言われている。

皇后におもねる者たちは、彼のことを躾《しつけ》のなっていない獣だと嗤《わら》う。

だが、この時凱旋した軍列の先頭を進む彼の姿は、ジュリアの目には神話に出てくる軍神のように神々しく、威厳に満ち、そしてどこか荒々しい暴力的な色香を纏《まと》って見えた。

そこにいるだけで、強烈に異性の目を引き寄せるほどに。

漆黒の髪に、切れ長の鋭い金色の瞳。少し厚めの唇や鋭利な角度を刻む顔の輪郭は男性という性を極限まで強調している。

贅肉《ぜいにく》という存在を一切省いた鍛えられた身体は衣服の上からでもその隆起が窺え、彼の僅かな動きに合わせてしなやかに筋肉が蠢《うごめ》く様は見事、と言うより他にない。

「皇子ともあろう者が戦場で人の首を狩って回るなど、まるで蛮族のようではないか」

ジュリアの婚約者であるアーネストは、凱旋する皇子の姿を見やりながら忌々しげにそう呟《つぶや》いたが、それは自身よりも男性としての魅力に溢《あふ》れた相手に対するただのやっかみとしか思えなかった。

実際に多くの女性の視線は第二皇子サイファスを熱心に追っている。

まるでその視線が一瞬でも自分を見てくれないかと期待するように。

そしてその広く大きな胸に抱かれることを想像して羞恥するようにうっすらと頰《ほお》を染めながら。

ジュリア自身、あの目をまっすぐに向けられたら、とても冷静でいられる自信はない。

だが、それ以上に思う。

（……立派な人だわ）

幼い頃に母である側妃を亡くし、身一つで軍に入れられ、皇后からは理不尽に虐げられてきた人。

それでも腐ることなく与えられた場所で、己にできる最大限の結果を出し、今こうして凱旋している。

大きな身体も、他者を圧倒する独特の威厳も、女性を惹《ひ》きつけて止《や》まない色香も、全ては彼の努力の上に成り立っているのだろう。

どうかその努力がいつか認められる時がきますように。

そう願って、静かに目を伏せた。

第一章

「……信じられない。いくらなんでも置いていくなんて……」

ジュリアが呆然《ぼうぜん》とした声を上げたのは、参加した舞踏会から帰宅しようとした時のことだった。

時刻は既に夜半をすぎて、舞踏会の終わりは間近だ。

いつもならこの頃になる前にはとっくに帰宅しているはずなのに、どれほど待っても婚約者のアーネストがジュリアを一人会場に放置したままなかなか戻ってこない。

来た時には彼のエスコートを受けてアーネストの実家、ドレイク伯爵家の馬車で会場入りしたから、ジュリアは自分の屋敷へ帰るための足がない。

舞踏会会場に到着してすぐに放置されることも、婚約者にすらダンスに誘ってもらえなくて壁の花となることももう慣れてしまったけれど、それでもこんな遅い時間まで戻らないことはなかった。

一体どうしたのだろう、もしかしたら何かあったのだろうかと婚約者を心配して方々を探し歩いたところ、知らされたのはあまりにも無慈悲な事実である。

　何でもアーネストは友人たちと意気投合し、彼らと共にとっくに会場を後にしてしまったというのだ。

　ジュリアのために馬車を手配してくれることもなく、彼女に対する言伝《ことづて》も残さず、その存在など綺麗《きれい》に忘れたように置き去りにして。

　それを知った時、頭から血の気が引いた。

　いくら日頃からぞんざいに扱われていたとしてもこれはない。

「……いくら私が気に入らないからって、ひどいわ……」

　呟く声が涙ぐみ、震えた。

　元々、初めから婚約者であるドレイク伯爵家の嫡子アーネストとは上手《うま》くいっていなかった。

　婚約を結んだのはジュリアが十三の年の頃で、今から六年も前のことだが、顔合わせをした時からアーネストは不機嫌そうな表情を隠しもせずジュリアを睨《にら》んだ。

　あの時彼に言われた言葉は今もはっきりと覚えている。

『こんな格下の家の、それもパッとしない地味な女と結婚だなんて、とんだ貧乏くじだ』

　アーネストとの縁談はあちらのドレイク家から半ば強引に申し込まれたものであって、ジュリアやその父シェーンリッチ伯爵が望んだものではない。

同じ伯爵家でも家の格は向こうが上。それにあちらには名門侯爵家の後ろ盾がある。

どうしても断れなくて、仕方なく受け入れたものだった。

それでもジュリアなりに、未来の夫となるアーネストとできるだけ良い関係を築こうと努力してきたつもりだ。

自分の地味な茶色の髪と瞳の色は変えられないけれど、童顔な顔ができるだけ華やかに見えるようにドレスや化粧には気を遣ったし、花嫁教育だって頑張った。

彼が大事な場所で恥を掻《か》かないようにサポートに徹したたし、陰から支えられるようにとたくさん勉強もした。

元々ジュリアは学ぶことや本を読むことは好きな方だったので、それらはみるみる身について、この国では特に複雑で難解な式典作法も元式部長官だった祖父の教えを受けて、ほぼ完璧に身につけることもできた。

国の全ての行事や式典に関する一切を担う式部官はこのガーランド帝国でもエリートと言われる存在だ。

残念ながら女性には認められていなかったけれど、

「ジュリアが男であったなら、間違いなく私の後を継いで式部長官となることができただろう」

と祖父に惜しんでもらえたくらいだ。

反面ジュリアのその努力をアーネストは認めてはくれなかった。

「女の分際で学をひけらかすなど恥ずかしい。頭でっかちの小賢しい女などみっともないだけだ。結婚後はそういった勝手な真似《まね》は一切許さないからな」

とまあ、散々な言いようである。

それでも彼との結婚は避けられない。

来年に控えた婚礼の時を考えて溜息《ためいき》を零《こぼ》す日々が続きながらも、なんとか上手くいく道はないものかと考えていたのだけれど。

いくら何でもこんな時間にたった一人、年若い娘を放置していくこと自体、人としてありえない。

もしどうしてもやむを得ない事情で別々に帰らなければならないとしても、ジュリアを先に送り届けるか、帰宅の手配を行うのが紳士の振る舞いのはずだ。

だけどそのことでアーネストを責めても、彼は詫《わ》びるどころか逆に激高して怒鳴り散らし、こちらの方が悪者にされてしまうのは目に見えている。

これまでもそうだった。ジュリアがよかれと思って助言したことでも口うるさいと突っぱねられ、ならばと黙っていた結果アーネストが失敗すると、なぜ判っていたのなら言わないのかと責められる理不尽さに、ジュリアの心は既に疲れ切っていた。

「……仕方ない。いいわ、もう歩いて帰りましょう」

今夜の主催者に頼めば、きっと馬車を出してくれるか、宿泊させてくれるだろう。

でもそれは陰で辛辣に嘲笑《あざわら》われることとセットだ。

それでなくともアーネストのジュリアへの冷たい態度は社交界でも知られていて、婚約者に疎まれている哀れな伯爵令嬢として馬鹿にされている。

これ以上進んで彼らに笑いのネタを提供する気にはどうしてもなれなかった。

幸い、今夜の会場はシェーンリッチ伯爵家からそう遠くない。

方角は判っているし、一、二時間も歩けば辿《たど》り着くことはできるだろう。

問題は既にかかとの高い靴で痛み始めた足で歩き通せるだろうかということと、少し前から雨が降り始めていることだ。

それほど強くはない雨足だが、防水性には全く期待できないドレス姿ではすぐにずぶ濡《ぬ》れになるだろう。言うまでもなく考え直した方が良い。

しかしこの時のジュリアは半ば意地になっていた。

「やってやれないことはないわ、あちこちに頭を下げて回るよりマシよ」

今日は深い藍色のドレスで良かった。明るい華やかな色のドレスより、夜の中一人歩いていてもきっとそんなに目立たない。

水に濡れたって、透けることはないはずだ。

惨めになる気分を懸命に押し殺して、ドレスの裾を持ち上げるとまずは門に向かって歩き出した。

背後から停車場で馬車の采配を行う屋敷の従僕が狼狽《うろた》えたように呼び止めてきたけれど、振り返ることはしなかった。

既に長時間立ちっぱなしで疲労した足は、一歩歩く毎《ごと》に小さな靴が食い込んで痛みを訴えてくる。

降りしきる雨が瞬く間にジュリアの髪やドレスを濡らしていく。

痛みと、惨めな気持ちを懸命に耐えてなんとか歩き続け、もう間もなく門扉に辿り着く頃だった。

「……待て。そんな姿で一人でどこへ行くつもりだ？」

突然背後からかかった声にビクッと肩を揺らすと振り返った。

気がつくと、すぐ背後に一台の馬車が停《と》まっていた。

こんなに近づかれても車輪の音も馬の蹄《ひづめ》の音も聞こえていなかった自分に呆《あき》れる。どれほど上の空だったのかと。

その馬車の方から、誰かが歩み寄ってくる。

一瞬暗がりのせいと、雨で視界がぼやけ、声を掛けてきた人物の姿ははっきりと見えなかった。けれど、あちらの付き人が掲げた灯《あか》りに照らされて、間近まで近づいてくる、その人が誰かを理解して、言葉をなくした。

漆黒の髪と日に焼けた褐色の肌を持つ、二十代半ばほどの若い青年だった。

礼装の上からでも判るほどに鍛えられて逞《たくま》しく盛り上がった肉体を持つ、ジュリアより頭二つ分も高い身長のその青年は、ひどく獰猛《どうもう》な野生の獣を思わせる眼差《まなざ》しでこちらを見ている。

眉間に皺《しわ》が寄っているのは、ジュリアの行動を怪訝《けげん》に思っているからだろうか。

思わず身が竦《すく》んだのは相手の身分と、その金色の瞳が与えてくる何とも言えない圧倒的な迫力に気圧《けお》されたせいだ。

（真っ黒な毛並みを持つ、とても立派な猛獣みたいな人……）

だけど、不思議と怖いとは思わなかったのはなぜだろう。

しばらくの間呆然と相手の顔を見上げて、それからハッと気付いたように慌ててその場で深くお辞儀した。

いけない、ぼんやりとしている場合ではなかった。

「……帝国の猛き軍神たる第二皇子殿下に拝謁できましたこと、誠に光栄にございます」

令嬢として最上のお辞儀をするジュリアの行動に、その青年は軽く目を細めると、呆れたように溜息を吐く。

よく見れば彼の背後には他に二人、恐らく護衛と思われる雨具姿の青年たちがいる。

まさかここで彼と顔を合わせるとは思っていなかった。

今、目の前にいる人物は今夜舞踏会会場で、珍しい人が参加していると話題の中心になっていた、第二皇子サイファスその人である。

もっともその話題の内容は決して耳に心地よい内容ではなかった。

彼の凱旋姿を目にしたのは昨年のことだ。一時は英雄のように持てはやされていた彼だったが、今はまるで違う。

皇后の顔色を窺《うかが》った貴族たちはたった数ヶ月《すうかげつ》でものの見事に手の平を返し、また今はとある事情で彼を陰で嘲笑っていることをジュリアは知っていた。

笑っている者の中には婚約者のアーネストも含まれている。

もっともそんな彼らにジュリアはとても同調する気にはなれなかったけれど。

「……顔を上げろ、それより見間違いでなければ今お前は一人で、門の外に向かって歩いているように見えるが、気のせいか？」

先ほどジュリアに声を掛けたのはこの皇子本人だったらしい。

令嬢が一人で共も付けず、雨の中、びしょ濡れになって徒歩で屋敷の外へ向かって歩いている姿を見過ごせなかったのだろう。

答えられずに沈黙するジュリアに、サイファスは再び呆れたように溜息を吐き、それから無造作に顎をしゃくって見せた。

その先にあるのは先ほどの馬車だ。

露骨な皇室の紋章は入っていない、ごくシンプルな黒塗りの馬車だが彼の体格に合わせてか全体的に大きくて一目で高価な馬車だと判る。

「乗れ」

「い、いえ、そんな……」

「いいから乗れ。雨の中でゆっくり立ち話をしている趣味はない。それに余計な噂を立てられたくないのだろう。ごちゃごちゃ言っている間に、誰に見られるか知らんぞ」

ちょうど今、この辺りには自分たち以外には誰もいない。

先ほどジュリアを呼び止めようとした従僕も追っては来ていないようでその姿はないし、門番もまだ門の陰になっていてこちらに気付いていない。

躊躇《ためら》ったが、ジュリアが動かねばサイファスも動きそうにない。

彼を自分と同じ濡《ぬ》れ鼠《ねずみ》にするわけにはいかないし、まさか皇子ともあろう人が自分のような地味な女に何かをするかもと警戒するのもおかしい気がして、おずおずと馬車へ近づけば目の前に手が差し出される。

驚いたことに皇子自らが、エスコートしてくれるらしい。

「……あ、ありがとうございます」

礼を告げても彼の怪訝そうな表情は変わらない。だが軽く肯《うなず》いて返してくれたので、少しだけホッとしてその手を借り、馬車に乗り込んだ。

だが乗り込んだはいいものの、上品な生地張りの座席に座るのは躊躇われた。既にジュリアはずぶ濡れで、このまま座ると座席ごと濡らしてしまう。

「……いいから座れ。濡れたなら乾かせば済むことだ」

「でも……あの……」

「気になるならこれを羽織っていろ。まだそれほど濡れていない」

バサッと音を立ててジュリアの視界を覆ったのは、上着だ。

男物のそれはジュリアの身を包んでもまだあまりあるくらい大きい。

サイファスが己の上着を脱いで貸してくれたのだと気付いて慌てた。

「お、お借りできません、お返ししま……」

「面倒な押し問答は時間の無駄だ。それより早く座れ、でないと馬車が出せない。お前はどんな権利があって俺の時間を食い潰すつもりだ？」

それ以上何も言えずに大人しく上着を羽織ったまま座席に腰を下ろした。

サイファスが御者台へ続くベルを鳴らすと、それを合図に二人を乗せた馬車が動き始める。

ガタゴトと車輪が回る音と振動に身を委ねながら、ジュリアは無意識のうちにホッとした吐息をついていた。

上着に残るサイファスの体温が、冷えた肌にとても温かくて、なんだか泣きそうな気分になる。

　意地を張っていたけれど、どうやら自分の心は思っていた以上に強《こわ》ばって冷えていたらしい……そのせいか、他人の温かさが身に染みた。

「……あの……ご親切に、ありがとうございます。ご迷惑をおかけして……」

「そんなことは良い。それよりこんな時間に、それも雨の中なぜ一人で？」

「……手違いで、迎えの馬車がおりませんでしたので……」

「だから歩いて帰ろうとしたと？　今夜一人で参加したわけではあるまい。シャペロンやエスコート役はどうした」

　シャペロンとは未婚の令嬢の付添人の女性で、舞踏会などの社交には必ずついて回る。婚約者や夫ができるとその役目はその相手の男性がエスコート役として引き継ぐのが一般的だ。

　つまり貴族の女性がたった一人で行動することなど本来あり得ないことなのである。

「……手違いではぐれてしまいました」

　さすがにそのエスコート役である婚約者に置いて行かれた、とは言えなかった。

「主催者に頼めば馬車の手配くらいしてくれそうなものだが？」

「それは、その……妙な噂を立てられるのが嫌で」

「一人で令嬢が歩いている姿を目撃される方が噂されるだろう」

もっともである。黙り込んで、視線が泳ぐ。

それきり口を閉ざすが、さらなる追求をされたらどう答えれば良いのだろう。

そう迷っていると、一つ溜息が聞こえてきた。

「何とも理解しがたい状況だが、令嬢を一人で歩かせるわけにもいかん。家はどこだ、送ってやる。名を教えろ」

言葉こそ素っ気ないが、その声は不思議と温かく聞こえる。

そう、彼が貸し与えてくれた上着から伝わる温《ぬく》もりと同じように。

「……ありがとうございます。シェーンリッチ伯爵の娘、ジュリアと申します」

「シェーンリッチ伯爵か。そう遠くはないな。だがそれにしても無謀がすぎる。賭けてもいいが無事に屋敷に辿り着く前に身ぐるみ剝《は》がされてどこかに売り飛ばされていたぞ」

そんな賭けは受けたくない。だが確かに彼の言う通りで、身が竦む。

「……申し訳ございません。仰《おっしゃ》るとおりです」

「どんな手違いがあった？」

「……それは、その……家の恥にもなりますので、どうかご容赦を……」

「ふん。若い娘に一人で帰宅をさせねばならぬ以上の、どんな恥があるというのか聞いてみたいところだな。だがまあいい、無理に聞き出す話でもない」

それ以上尋ねずに済ませてくれるようで、素直に感謝した。

向かい合わせに座った馬車の中で、それきり会話は途絶えた。

ジュリアから話しかけることは憚《はばか》られたし、サイファスの方から尋ねてくることもない。

彼は本当に一人で帰ろうとしていたジュリアを気に掛けてくれただけのようで、御者《ぎょしゃ》に行き先の変更を告げた後は黙ったまま馬車の小窓から外へ視線を投げている。

その横顔を、非礼にならない程度に盗み見た。

昨年の凱旋式まで一切社交界に出ることのなかったこの皇子が、度々姿を見せるようになったのは今年に入ってからのことだ。

齢《よわい》二十五歳の彼はこれまで軍事一筋で生きてきたが、長引いた戦がようやく収束して、これからは皇子としての公務にも携わり、兄である皇太子を支えるようにと皇帝が命じたのだと聞いている。

だが彼の社交界や宮廷での日々は決して順風満帆とは言いがたいらしい。

なぜならば既に知られているとおり、彼は皇子として必要な教育を受けることができていない。本来ならば与えられるべき高等教育も、宮廷作法も。

とりわけ彼を苦しめているのはこの帝国に古くから根付く複雑な式典作法だ。

式典作法とは文字通り国の式典や行事の際に必要とされる作法で、年間大きなもので十五、細かいものを含めると数十にものぼり、独自にそれぞれ細かい取り決めがある。

服装や仕草、言葉、挨拶の仕方や手順。頭のてっぺんからつま先まで一つ一つを細かく定められた、非常に難解で複雑なものだ。

そのためこのガーランド帝国にはその道に精通している式部官という役職を与えられた者たちがおり、その複雑な式典の開催と参加者たちへのフォローを担っている。

つまり間違えた手順や服装などで儀式を穢《けが》したと責められたり恥をかいたりしないように多くの貴族はその式部官に協力を依頼して儀式に臨むのだ。

ジュリアのような伯爵家の令嬢が参加を求められるのはそれらの一部だけだが、サイファスは皇子として全ての儀式や式典への参加を義務づけられている。

彼が貴族たちに陰で嗤われる理由となったのが、その式典作法が原因だ。

サイファスはその参加を義務付けられた場で、いつも大小様々な失敗を重ねているらしく、人々から礼儀を知らぬ獣のような皇子と罵られているからだ。

だが、ジュリアに言わせれば、そうなることを防ぐことこそが式部官の役目だと思う。

皇子ともなれば専任の式部官がいるはずなのに、彼らは何をしているのだろう。

それにサイファスは決して礼儀を知らない皇子には見えない。今こうして見ても、そのような雰囲気は一切感じない。

身に纏う衣装も皇子らしく整えられたものであるし、泰然と振る舞う姿は一種の貫禄《かんろく》も感じられる。

令嬢が一人夜道を歩くことをよしとしない常識も、放っておけずに面倒を見てくれる優しさも持ち合わせている。

少なくともアーネストに比べればよっぽど紳士的だ。

人の言うことなどアテにならないと思う。

特別な会話がなくても、手を差し伸べてくれた彼には感謝しかない。

だが……人々がサイファスに良くも悪くも注目する理由はなんとなく判った。

皇子という立場だけでなく、彼には独特の雰囲気があるのだ。

ただ座ってそこにいるだけなのに、馬車の中に下げられたランプの明かりに照らされる姿は妙に蠱惑的《こわくてき》で、男性に言うのもなんだが非常に色っぽい。

彼のことを嗤いながら、同時に目を惹かれてしまう貴婦人が多いのも納得できる。

この色気はどこからくるものだろう？

この手のことには疎いジュリアでも、なんだか奇妙なほど手の平に汗が滲《にじ》んでくる。

魅力ある獣は独特のフェロモンで雌を引き寄せると言うけれど、この皇子にもそんなフェロモンがあるような気がした。

そんなことを考えていると。

「着いたようだ」

促されて窓から外を覗《のぞ》けば、確かに見慣れた伯爵邸の前だった。

無事に帰り着くことができて素直にホッと安堵《あんど》の吐息が漏れる。

「ありがとうございます。殿下のお心遣いに感謝いたします。このご恩はいずれ……」

「そんなことよりも早く部屋に戻って、濡れた身体を温めてから寝ろ」

ぱちぱちと瞬《まばた》きをした。

やっぱりサイファスは他の青年貴族とは大分違うらしい。もし彼が貴族たちと同じように振る舞っていたら、ここで言う言葉はもっと洒落《しゃれ》た、キザな台詞《せりふ》だっただろう。

でもなんだかこちらの方がこの皇子らしくて、つい笑ってしまった。

「はい、そういたします。本当にありがとうございます、殿下も良い夢を」

ドレイク家とは違う馬車で娘が帰宅したことに驚いた家人が慌てて表へ出てくる。

護衛騎士の手を借りて馬車を降りれば、報《しら》せを聞いた両親が、何事だ、誰の馬車だと尋ねてくるけれど、ジュリアを降ろすとすぐに彼は名乗ることもなくそのまま引き返して行ってしまった。

遠くなる馬車の後ろ姿に、相手には見えていないと知りながら再び深くお辞儀した。

これがガーランド帝国第二皇子サイファスと、シェーンリッチ伯爵令嬢ジュリアの出会いである。

ジュリアはこの件に関してはこの場限りのことだと思っていた。

けれどまさかその後再びサイファスと顔を合わせる機会が巡ってくるなど、夢にも思っていなかったのである。

ジュリアから詳しい事情を聞いた父、シェーンリッチ伯爵はその翌朝にはすぐにドレイク伯爵家に対して抗議の手紙を出した。

どのような事情があろうと娘を会場に一人放置して、連れ出した当人が姿を消すなど考えられないことだ。

無事に帰ってきたから良いものの、そうでなかったらどのようなことになっていたか判らないという父の抗議は当然のことだろう。

「令嬢の送迎は別の者に依頼したはずなのですが、行き違いがありましたようで」

抗議の手紙を受けて、謝罪に出向いてきたアーネストはそう言ったが、父の目を盗むようにこちらを睨《にら》み付けてきた様子から、謝罪は本心ではないのだとすぐに判る。

溜息がこぼれそうになった。

それほど気に入らないのであればいっそ、婚約を解消してくれれば良いのに。

むしろここまでされれば、こちらから婚約の解消を持ち出しても許される気がする。

だが物事はそう簡単ではない。

「済まない、ジュリア。同じ伯爵家とはいえ、立場はあちらの方が上。我が家から婚約解消を申し出ることはできないのだ」

「承知しております。私は大丈夫です、お父様。ご心配にならないで」

あちらから断りがない限りは、この結婚はなくならない。

けれどドレイク伯爵と夫人は決してそうはしないだろう。

もしかするとアーネストがジュリアに過剰にこのような扱いをするのは、親の意思に逆らえないもどかしさの裏返しなのかもしれない。

「思えばアーネスト様もお気の毒な方なのかも。望まない相手と、無理に結婚を命じられているのだもの」

「だからといってお嬢様がそのとばっちりを受けるのはおかしな話です。大体望んでいないのはお嬢様も同じではありませんか。……本当にこのままご結婚なさるのですか？」

自室に戻ったジュリアのぼやきにそう反応したのは専属侍女であるルーシーだ。

「私にはどうすることもできないのよ。お父様も言っていたわ、こちらから婚約解消は無理だって」

「でもこのままではわざわざ不幸になりにいくようなものです」

それを思うとジュリアだって気持ちは沈む。嫌われて、疎まれて、それでも嫁ぎたいなんて思うほどの気持ちを相手に持ち合わせていない。

できることなら向こうの方から婚約を解消してほしいけれど、アーネストは両親に逆らってまで拒否する気概も、今のところはなさそうだ。

婚礼は来年だ。あと一年もない。

きっと結婚生活は幸せなものにはならないだろう。

「憂鬱になることを考えるのは止《よ》しましょう。それより明日は出かけたいわ、付き合ってくれる？　それと馬車の用意をお願い」

「畏《かしこ》まりました。どちらへ？」

「いつものところよ」

いつものところ、とは王宮図書館のことだ。

勉強好きなジュリアは、読書に目がない。

何より好きなのは歴史に関する資料や考察書である。

今は失われた歴史の中に刻まれた史実や考察ほどドラマやロマンスに溢れるものはないと思う。

帝都にはかなり大規模な図書館が存在していて、書籍と名の付くものはもちろん、建国から残されている資料などが多く保管されている。

間違いなくこの帝国で最大の蔵書を誇る図書館である。

ジュリアのように読書好きな人間にとっては宝物庫に等しい。

しかもさらに嬉《うれ》しいことに、ジュリアが好む歴史資料の区域は利用者が少なく、殆《ほとん》ど独占状態にできることだ。

そうして翌日にルーシーと共に訪れた図書館では、いつもと変わりなく大量の書籍がジュリアを出迎えてくれた。

流行の物語や実用書の辺りには多くの利用者が見られたが、歴史書の区画にはやはり閑散としていて、殆ど人の姿はない。

その分、古い本独特の匂いがしてジュリアをうっとりさせる。

「相変わらずいい匂い。いっそ結婚相手が図書館だったら良かったのに」

「お気持ちは判りますが……」

図書館へ来る際、いつもジュリアはできるだけ地味で目立たない色とデザインのデイドレスと眼鏡を着用するようにしている。

万が一アーネストや彼の友人知人の目に触れても、できるだけ気付かれないようにするため……いわゆるちょっとした変装のつもりだ。

もちろんじっくり観察されればすぐにバレてしまう程度のものだが、人の印象は案外服装で変わると聞いている。

今日も若い娘には似つかわしくないキャラメル色の装飾の少ないドレスと、度の入っていない眼鏡を掛けている。

なぜそんな真似をするのかといえば、ジュリアが図書館へ通うことをアーネストが良く思わないと判っているから。

彼は女にはすぎた知識や趣味は必要ないという考えである。

バレればきっと激しく叱責された後に禁じられるだろう。

結婚後のことを考えるとどうしたって憂鬱な気分になるから、せめて今は好きなことを考えていたいと頭を振った。

折角《せっかく》図書館に来たのに、時間を浪費したくないと、すぐにジュリアは目当ての書棚で何冊かを選び、閲覧席に腰を下ろす。

歴史に関する資料は持ち出し禁止書籍が多い。

貴重な歴史資料であると思えばそれも致し方ないが……だから中身を把握するためには、ここで目を通さなくてはならないのだ。

でも……今日はなぜか思ったほどには集中できなかった。

どうしても先日の舞踏会での出来事が蘇《よみがえ》るからだ。

（地味だの冴《さ》えないだのと嫌味《いやみ》を言われて、舞踏会で壁の花にされることはいつものこと。だけど置き去りにされるまではなかったのに）

ページを捲《めく》る手が止まってしまう。

ここへ来たのは本が読みたいという単純な希望もそうだが、先日のことを忘れてしまいたいという願望もあってのことだと気付いて、深い溜息がこぼれそうになった時だった。

ふと人が来る気配に顔を上げて、思わず息を呑《の》んだ。

というのもこれまで図書館では見たことのない、およそここにいることが不思議に思えて仕方ない意外な人の姿があったからだ。

同時にジュリアの脳裏に蘇るのは、置き去りにされた後の記憶である。

あの時、ジュリアを馬車で送ってくれた第二皇子サイファスが、今ここにいた。

恐らく供と思われる、騎士風の青年を一人連れて。

「確かこの辺りのはずなんですが、見つかりませんね……だから司書に案内させれば良かったのに」

「案内させたところで正しい資料を寄越《よこ》すとは限らないだろう。眉唾物の本を掴《つか》まされて時間を無駄にされるのはごめんだ。挙げ句、社交界では礼儀知らずの猛獣皇子が無駄なお勉強に励んでいる、なんて噂を流されるぞ？」

「まあ確かに……式部官ですら信用できないですもんねぇ……」

二人の声はそれほど大きなものではなかったけれど、人が殆どおらず、静まりかえったブース内ではかろうじて聞き取れた。

どうやら本棚の陰になっているジュリアの姿があちらからは見えないらしい。

二人の手にはそれぞれ数冊の本が握られている。

それらが、近く行われる初代国王の聖誕祭に関するものだと判ったのは、ジュリアも過去に読んだことのある本だからだ。

（サイファス殿下も歴史に興味をお持ちなのかしら……？）

だが若い青年が二人顔をつきあわせて、本を開きながらああでもないこうでもないと小声で論じ合う姿は、歴史について語っているようには見えない。

そうこうしているうちに二人は手にしたうちのいくつかを選んで立ち去ってしまう。あの本も確か持ち出し禁止のはずだったが、皇族ならば認められるのだろう。

時間にして三十分程度の出来事だった。

そしてジュリアの耳に第二皇子サイファスが、初代国王生誕祭の場において再び式典作法に反した装いや振る舞いで非難を受けているという話が届くのは、その半月ほど後のことである。

さらにその数日後には鎮魂祭が行われたが、そちらでも似たような話を聞いた。

どうやらサイファスは数多く存在する国の式典作法において、都度変わる作法や装いに相当苦労しているらしい。

「まったく教養がない方はこれだから困る。何が許されていて、何が禁じられているのかもきっとお判りにならないのだろう」

とある夜会の帰り、二人きりの馬車の中でジュリアにそう呟いたのは婚約者のアーネストである。

ちなみに父からの抗議が少しは効果があったのか、あれ以来置き去りにされることはなくなった。

　とはいえ、彼と過ごす時間が息苦しいものであることは何一つ変わらない。

「……式典の作法はとても複雑です。あの時はこうだったから今回も、なんて通用しないことが殆どですから。殿下を担当する式部官は、お咎《とが》めを受けないのでしょうか」

　ジュリアがアーネストの呟きに言葉を返すことは滅多《めった》になく、余計なことを言ったとすぐに口を噤《つぐ》んだけれど、幸いにして今回は彼の機嫌を損ねることはなかったらしい。

　ジュリアの問いに、ニヤリと彼の口元が歪《ゆが》む。

「聞いた話だとサイファス殿下に専任の式部官はいない。以前はいたのだが役立たずだと殿下が解任してしまったらしい」

　そう言えば図書館でサイファスと騎士が交わしていた言葉の断片を思い出す……彼らは式部官も信用できない、と言っていなかったか。

　そんなジュリアの疑問を読み取ったように、なおもアーネストは言った、ニヤニヤと嘲笑を浮かべながら。

「あの皇子は側妃……言うなれば身分の低い愛妾《あいしょう》の子だからな。その存在を良く思わない貴族は多く存在する」

　さすがにそれ以上はアーネストも言わなかったけれど、なんとなく理解した。

　サイファスが式典作法に苦戦しているのも、式部官が頼りにならないのも、彼の存在を厭《いと》う者たちの妨害によるものだ、と。

思えば本来皇族として様々な教養を学ぶ機会が与えられなかったというのも、あり得ない話だ。

皇族が恥を掻くことはすなわち皇室の恥になるし、皇子であれば……それもたった二人しかいない皇子ならば、そのどちらが帝位についても問題ないように幼い頃から英才教育を施されるのが普通だ。

だというのに彼にはその機会が与えられていない。

先日図書館にお供の騎士と来ていたのも、きっと他に頼れる人がいないからこそ、自力で調べてなんとかしようとしていたのではないか。

だが、やはり知識のない人がゼロから調べるのは骨が折れる。

サイファスには絶対に助言してくれる者の存在が必要だ。

それなのに……

（……嫌な感じ。大勢の人で、たった一人を虐《いじ》めているみたい）

脳裏にサイファスの姿を思い浮かべてみる。そんな陰湿な嫌がらせをされているとは思えないほど、堂々とした貫禄のある佇《たたず》まいだった。

並の精神ならば心が折れて閉じこもってしまうか、人前に出てくることを嫌うだろうに、腐ることなく自ら図書館に足を運び、自分なりに式典作法を学ぼうとする姿は少なくとも陰口を叩《たた》いて嗤っているアーネストより尊敬できる。

「ジュリア。まさかないとは思うが、お前、あの皇子に近づくようなことはするなよ。万が一巻き込まれては私が笑いものにされる」

自分のことしか考えていないその発言を、これまで何度聞かされてきただろう。

それでもこれまではなんとか婚約者との関係を改善したいと努力してきたつもりだ。

だが……今、自分の心が完全に冷え切ってしまったのを自覚する。

「おい、聞いているのか、ジュリア」

「……はい、聞いております。ご心配いただかなくとも、私などが皇子殿下とお知り合いになる機会などありません」

「ふん、だったらさっさと返事をしろ。……だがそうだな、お前みたいなつまらない地味な女が皇子と関わることなどこの先あり得ないだろうな」

アーネストの嘲笑はジュリアへも向けられる。

醜く歪んだ笑みを浮かべる婚約者の顔を黙って見上げて、この時ジュリアは自分の胸の内に僅かな反抗心が宿るのを自覚した。

(もちろん、表立って関わるなんてできるわけがない。……でも、ほんの少し。陰からそっと手助けするくらいのことなら、できるかもしれないわ)

近く、花祭りが始まる。

花の盛りの時期、国全ての女性の美しさを称《たた》えると共に、意中の相手に告白することを許された祭典だが、これもまた、様々な作法や礼儀、暗黙のルールなどが存在する。

一歩間違えれば女性の美を称えるどころか貶《けな》したことになったり、その気のない相手に告白したことになったりというトラブルは毎年少なからず存在している。

このままでは今年はサイファスがそのトラブルに見舞われる可能性が高い。

頑張っている人が、周囲から大切にされない環境は嫌だ。

幸い、ジュリアには今の彼の助けになれる知識がある。

先日助けてもらったお礼もかねて、一度くらいできることをしてもいいのではないか、とそう思った。それを彼が受け入れるかどうかは別にしても。

あの時借りた上着は馬車を降りた際にその場で返してしまったし、礼状も不要だと言われていたため、結局あれきりサイファスとの接点はない。

でも彼に学ぶ気があるならば、また王立図書館にやってくるかもしれない。

その日、アーネストと共に参加した夜会から帰ったジュリアは、遅くまで机に向かってペンを走らせた。

最低限用意しなくてはならないこと。

気をつけねばならないこと。

一つ一つを判りやすく箇条書きに、注釈としてその理由を書き加える。

（渡せる機会があるかどうかも判らないけれど……迷惑だったら、捨ててもらえばいいわ）

誰かに対してこんなに時間を掛けて手紙を書いたのは初めての経験だ。

妙に緊張するし、何度も迷う。迷惑だったらどうしようと悩みもする。

それでもこれ一度きりだと自分に言い聞かせて、書き上げた手紙を封筒に収めた。

そして手紙をバッグにしまう。いつその時が来ても、良いように。

「……あの。こちらの本を、お忘れではありませんか？」

第二皇子サイファスは、自分の護衛騎士兼世話役のレガート・オスティンが娘に声を掛けられるより前に自分たちに彼女が注目していることに気付いていた。

なぜなら自分と、レガートがこの図書館へ訪れてからずっと視線を感じていたのだ。

内心うんざりとしたのは、これまでにも似たようなことが多々あったからだ。

第二皇子の彼が皇后に疎まれていることは社交界でも有名な話だが、それを別にしても皇子妃の座を狙う令嬢は事欠かない。

皇子という身分もそうだが、何より男として女性にひどく魅力的に見えるらしい。

サイファスはその事実を自覚していた。

だから今も若い娘に声を掛けられて、またかと思ったのだ。

側付のレガートを介して手紙を渡そうとする娘たちはそれこそちぎって捨てるくらいにいるから、こんなところまで追いかけてきたのか、と。

だが、違ったらしい。彼女の手には一冊の本がある。

どうやら本を選ぶ際に一冊どこかに置き忘れてしまったようだ。

「……ああ、これはご丁寧にありがとうございます」

「いいえ。では私はこれで」

レガートの礼に娘はぎこちなく微笑《ほほえ》むと、すぐに背を向けて立ち去って行った。

見たところ、随分と地味な装いをしているが、貴族の娘には違いないだろう。

所作に品があって、声の抑揚も落ち着いた物静かな印象だ。

柔らかな茶色の髪と、同じ色の瞳。化粧も殆どしていない、地味であか抜けない雰囲気の娘だ。だが、その娘の顔にサイファスは見覚えがある。

「どこで見た顔だったか……」

「何をブツブツと仰っているんです？　ほら、私の方でも何冊か選んでみました。これでどうにかなればいいんですが」

「なればいい、じゃなくてしなくてはならないだろう。俺はよく判らんしきたりやルールに失敗して、うっかり結婚する羽目になるなんてごめんだぞ」

これまでにも大小様々なミスを重ねて社交界で嗤いものにされてきたが、次の花祭りはこれまで以上に失敗が許されない。

何しろ女性への美と愛を花にたとえて賞賛する祭典だから、うっかり渡す花ややり方を間違えれば取り返しの付かない事態になりかねないのだ。

「それにしても我が国の祭事や式典はとにかく数が多くて敵《かな》いませんね。花祭りに関する資料だけで何冊あるんだか」

「全てを読んでいる暇はない。必要なことだけ詳しく書いてある本はないのか？」

「そんな便利な本を知っていたら、最初から選んでいますよ」

もっともである。憂鬱そうに深く溜息を吐くサイファスに、レガートも苦笑する。

どこか気安いやりとりだが、しかし実際のところは二人とも結構深刻だ。

「ぼやいても仕方ありません、とにかくめぼしい箇所がないか調べましょう」

レガートが手元の本をパラパラと捲る。

その時、本の間から一通の封筒がこぼれ落ちた。

「何か落ちたぞ。……手紙か？」

拾い上げたのはサイファスだ。誰かの忘れ物かと思ったがその割に封筒は真新しくて、封蠟《ふうろう》も押されてはいない。

「さっき、あそこにいる女の子から忘れ物だって渡された本です。あの子の物かな」

レガートの視線を追って、サイファスも同じ方向へ目を向ける。

すると少し離れた閲覧席に座っていた先ほどの令嬢と目が合った。

皇子と視線がぶつかった彼女は、一瞬ビクッと身を大きく震わせて、それから慌てて手にした本に視線を落とす。

判りやすい反応に、サイファスの脳裏に彼女の名が蘇った。

「そうだ。確かシェーンリッチ伯爵の娘だ」

「伯爵令嬢？　いつお知り合いになったんですか？」

「お前が腹を下して寝込んでいた舞踏会の夜だ」

「嫌なことを思い出させないでくださいよ……それより、読むんですか？」

封筒から便せんを取り出せば、いつもなら手紙をもらっても封も切らずに捨ててしまうのに、と言外にレガートが尋ねてくる。

「こんな回りくどいやり方で渡してきたんだから、何か意味が…………おい、見てみろ」

不意にサイファスの声音が変わる。

広げた便せんに視線を落として、レガートの顔つきも少し変わった。

無理もない、その文面に書いてあることは今彼らがもっとも知りたかったことだからだ。
・花祭りでは男性は花の色を引き立たせるために白い衣装を選んでください。黒や藍などの暗い色は避けた方が良いです。
・男性は生花を持参し、必ず最低一人には会場内の女性に渡すこと。
・ただし花によっては禁忌となる場合があります。また花粉や棘《とげ》は丁寧に落とすこと。花の花粉が女性の肌や服につくと生涯離さないという求愛になり、棘で怪我《けが》をさせた場合も傷を付けた責任を取って求婚しなくてはならなくなります。
・特に渡したい相手がいない場合は、その会場に参加されているもっとも身分の高い女性に白薔薇《ばら》を捧《ささ》げることをお勧めします。
本には花の女神像に捧げるもの、と記載されている場合が多いですが、近年では会場内に義理でも花を捧げたいと思うほど魅力的な女性がいないという意味に受け取られ、女性の顰蹙《ひんしゅく》を買いかねません。


他にも基本的なことはもちろん細かい注意すべきことが几帳《き》面《ちょうめん》な文字で書かれていた。

さらには手紙を挟めて渡されていた本だ。

サイファスやレガートが選んだ本のどれよりも、必要な情報が詳しく記載されている教本だったのだ。

「……あの娘……ジュリア、と言ったか」

「お調べしますか？」

この場合、レガートの調べるという意味は彼女に関すること全て、という意味だ。

「そうしてくれ。あとこの本と手紙の内容の裏付けもだ」

「本そのものは何年も前に作成されているこの図書館の蔵書ですから、細工は無理ですね。手紙内容と付け合わせてみます。ですが……どのようなつもりなのでしょう」

「さてな。単純に考えるなら、先日の礼だろうが……」

今のサイファスの立場ではその裏に何か意味があるのかと考えずにはいられない。

しかし、あの令嬢が奸計《かんけい》を企《たくら》むとはどうしても思えない。

だとするならば、この手紙はやはり彼女なりの礼と、そして厚意だろう。

令嬢の姿と、主君の様子を見比べてレガートが思わず「うわあ……」と声なき声を漏らしたのは、その時サイファスがそれはそれは面白そうに笑っていたからだ。

付き合いの長い側近は理解してしまった。

自分の主君があの令嬢に、猛獣が獲物に狙いを定めるような興味を抱いてしまったことを。


その日、花祭りの会場となった王宮庭園ではちょっとした騒ぎが起こっていた。

それというのも、第二皇子サイファスが、皇后に「尊敬」を意味する白薔薇を捧げたためである。

式典で幾つもの失敗を重ねてきたこれまでのサイファスからは考えられない、粋であり、やや皮肉の効いた行いだ。

これによってその対応に注目を浴びたのは皇后である。

皇后が第二皇子を冷遇していることは誰もが知っている。本来であれば憎い妾《めかけ》の子から花など受け取りたくはないだろう。

しかし今回のように「尊敬」を表す花を突き返せば「私はあなたの尊敬を受け取るに値しない人間です」と答えることになってしまう。

よって皇后はその花を受け取り、サイファスに礼を言わねばならなかった。

「あなたからこの花を捧げられたことを嬉しく思います」

たとえその言葉が心にもなかったとしても。

また今回は目立った作法の失敗もなかったらしい。

どうやらジュリアからの手紙や本を参考にしてくれたようだ、と思うと少しだけ報われた気がする。

だが、式典は他にもまだまだ存在するし、今後も彼は苦労するだろう。

そう考えると、単純に良かったと喜ぶこともできそうにない。

それにもう一つ、ジュリアには喜べない理由があった。

「ねえ、ご覧になって。あのご令嬢、花祭りだというのに胸元がとても寂しくていらっしゃるわ。婚約者からすら花の一つも贈ってもらえないなんて……私だったら惨めすぎてとてもではないけれどこんなところにはいられない」

脇を通りすぎた令嬢が、ジロジロとこちらを見たと思ったらこれ見よがしにそんなことを聞こえるように口にしてきて、溜息が出そうになった。

そう、女性への美や愛を賛美し告白する花祭りでは、どんなに不仲な関係でも、婚約者の顔を立てて花の一輪も贈るものなのに、アーネストからは何の贈り物もない。

婚約者のいる立場としては惨めなことこの上ない仕打ちだ。

アーネストからの心ない扱いは今に始まったことではないけれど……こうもあからさまなことをされると、再び婚約の解消という言葉が頭に浮かんでくる。

(でもこちらから解消の申し出はできない……私は、どうしたらいいのかしら)

彼の気に入るように振る舞おうとしても、ジュリアが何をしても、どう言葉を紡いでもアーネストは不機嫌になって話にならなくなる。

どうすれば良いのか判らず、闇雲に炎の中に手を突っ込もうとしているような気分だ。

笑いさざめく人々の声が遠い世界での出来事のように感じた、その時だった。

「失礼します、レディ」

「えっ」

自分に声を掛けられたとは思わなくて反応が一瞬遅れた。

気がつけば目の前には城の侍従のお仕着せに身を包んだ青年が一人立っている。

ぱちぱちと目を瞬かせる彼女に、その侍従がそっと差し出したもの……それは、一輪の花だ。

「とある方からご令嬢へと、お預かりいたしました」

「えっ……あの、でも、人違いでは？」

「シェーンリッチ伯爵令嬢、ジュリア様でいらっしゃいますね？　間違いございません。どうぞ」

差し出された花を突き返すわけにもいかずにおずおずと受け取れば、侍従は自分の役目は済んだとばかりにさっさと立ち去ってしまう。

白いリボンが結ばれた花を手に、ジュリアは幾度も瞬きを繰り返した。

そして気付く。そのリボンに「あなたに深い感謝を」と短いメッセージがあることに。

「……誰？　まさか」

この時頭に浮かんだのは、今日話題の渦中となっている第二皇子の姿だ。

贈られた花はピンク色のガーベラで、花言葉はリボンに書いてあるメッセージと同じ「感謝」である。

「……ふふっ」

しばらく花を見つめ、そして小さく笑った。涙が出そうになるくらい嬉しかった。

花祭りでたった一人、ジュリアに花を贈ってくれた人。

それがこの国の皇子様だなんて、なんて贅沢《ぜいたく》な話だろう。


その日受け取ったたった一輪の花を、ジュリアは大切に押し花の栞にした。

散々な花祭りだったが、この花のおかげで少しだけ沈んでいた心が救われたから、ただ枯らしてしまうのはもったいないと思ったのだ。

パッとしない自分の人生だけど、魅力的な皇子様から花を贈ってもらえたことは生涯の良い思い出になるだろう。

だが彼との関わりはこの一度限りだと思っていた予想と違い、間もなく二度目が訪れる。

いつものように読みたい本を探しに王立図書館へ出向いたジュリアに、サイファスの方から声を掛けてきたのである。

「シェーンリッチ伯爵令嬢。話がしたい。少し時間をもらえるか。もちろん侍女も共に連れてきて構わない」

この場合、ジュリアに拒否権はない。

サイファスと、彼の側近であるレガートの他、紹介された騎士の二人に促されて向かった先は、この王立図書館でもごく限られた者しか入室を認められない禁書庫の奥にある、閲覧席だった。

基本皇族以外は許可のない者の立ち入りが禁じられている場所なので、内緒話にはうってつけの場所である。

密室、という問題を除けばだが。

強ばった顔をしているジュリアの反応をサイファスは警戒と受け取ったようだ。

「心配せずともそちらの名誉が傷つくような真似はしない。ただ、あまり人に聞かれたくない話だからな。理解してくれると助かる」

まさか図書館で第二皇子が自分を待ち構えているとは夢にも思っていなかったジュリアは、予想外の出来事に動揺はしていたけれど、サイファスが貴族令嬢を人気のない場所に連れ込んでどうこうする、という類いの心配はしていなかった。

根拠はないが、彼は相手の承諾もなくそんな乱暴なことをする人ではないと思うし、自分がそんな対象にされるとも思えなかったから。

「……殿下を警戒しているように見えてしまったのなら、お詫び申し上げます。帝国の猛き軍神に拝謁賜り光栄にございます」

どうにかこうにか皇族への挨拶を行ったジュリアにサイファスは薄い笑みを浮かべながら、椅子を勧めてきた。

どんな込み入った話かと思ったが、断るのも非礼になる。

促されるままに古い椅子に腰を下ろすと、彼もその向かいにある椅子に腰を下ろした。

大きなサイファスの身体を受け止めて、閲覧席の古い木製の椅子がギシリと苦しげな音を立てた。その音が妙に耳に残る。

「礼を言うのはこちらの方だ。あの手紙には大いに助けられた。知っているだろうが、式典作法には大分苦しめられていてな」

「お役に立てたのでしたら何よりでございます」

「役に立ったどころの話ではない。花を受け取った時の皇后の間の抜けた顔は、本当に痛快だったぞ。いっそ皇后があの場で突き返してくれればさらに面白かったんだがな」

沈黙したまま否定も肯定もできないジュリアはぎこちなく微笑むしかない。

そんな彼女に彼は鷹揚《おうよう》に頷《うなず》き、改めて視線を向けて、こう言った。

「悪いが少し調べさせてもらった。お前の祖父、ロレイシー伯爵は十数年前までは城の式部長官を務めていたそうだな？　あの手紙から察するにお前も相当に式典作法には詳しいと見受ける」

「はい。祖父から直接教えを受けておりますので、困らない程度には存じ上げているつもりです」

「なるほど。道理で的確なアドバイスだった」

「恐縮です」

「それを見込んで、頼みたいことがある。先ほども言ったが俺は今年に入ってから陛下の命で成人皇族として有事の場合を除き全ての式典に参加するよう命じられている。しかし式典作法に疎く難儀していて、頼りにすべき城の式部官はとある事情でアテにはできない」

とある事情。先ほどの皇后への発言を思えば、確かめるまでもない。

「誰が敵か味方かも判らん貴族連中に頼るわけにもいかない。自分なりに学んではいるつもりだが、とにかく種類と数が多すぎて知識とするにはまだ時間がかかりそうだ」

ここまで言われて、自分に頼みたいことの内容が判らないわけはない。

ジュリアに、その式典作法の教師になってほしい……あるいは必要な時にアドバイスをしてほしい。多分、そんなところだろう。

「皇族の皆様のお役に立つことは、ガーランド帝国貴族家に名を連ねる者として当然のことです。ですが……」

「ですが?」

「……私が恐れ多くも殿下に作法をお教えするお話は公にするわけには参りません。今回、殿下が人気のない場所をご用意なさったところから考えても、内密になさりたいはずです」

「そうだな。否定はしない」

「ですが殿下に全ての式典作法をお教えする場合には、手紙のやりとりをするなり、こうして直接お会いするなりしなくてはなりません。私は未婚の貴族の娘であり、婚約者もおります。もし他の殿方と定期的に密《ひそ》かに連絡を取り合っていることを知られたら……」

「花祭りに花の一つも贈らない、気の利かない婚約者の目がそれほど心配か？」

「……っ……家と、家との契約です。私の意思は関係ないのです……」

事実とはいえそれを指摘されると悲しいというよりも、惨めな気持ちの方が強かった。

俯《うつむ》いたジュリアに、苦笑交じりの声が聞こえる。

「意地の悪いことを言ったな。許せ。それにお前の言うこともっともだ」

「では……」

「だが俺もそれなりに切羽詰まっている。別に誰に笑われようとかまいはしないが、俺には俺の役目がある。これ以上くだらない問題で足を引っ張られたくはない」

それはそうだろう。彼は皇族だ、普通の貴族より様々な責任や役目がある。

式典への参加もその役目の一つだ。

「今シーズンの間だけで良い」

「……えっ」

「聞いたところ、婚約者との結婚は来年だろう。長々と世話になるわけにはいかん。だが、今シーズンが終わるまでは手を貸してもらえないか」

シーズンオフまではあと三か月もない。

確かにそのくらいの期間ならば人の噂にはなりにくいかもしれない。

もちろん人目に触れぬように細心の注意が必要なのは変わらないが。

「それ相応の礼はする。それが婚約者との結婚から逃れたいということなら助けてやることもやぶさかではない」

「そんな……」

「婚約者から逃げる云々《うんぬん》というのは殿下の質の悪い冗談だとしても、相応のお礼は本当のことです。どうか私からもお願いします。正直、手詰まりなんです」

レガートからも頼むように頭を下げられ、困り果ててしまった。

「……このお話を、父に相談することは……」

「却下だ。伯爵を疑うわけではないが、事実を知る人間は最小限にしたい」

確かに父に相談すれば、そこから漏れる可能性がある。特別お喋《しゃべ》りではないのだが、いささか小心者で秘密を隠すことが得意な人ではないから。

ハラハラとルーシーが物言いたげな視線を向けてきていることに気付きながら、ジュリアは真正面から向けられるサイファスの視線に呑《の》み込まれないようにするだけで精一杯だった。

彼の眼差しはそれだけ威厳があるし、迫力もある。

それと同じくらい意味深な深い金色の瞳で見つめられると何でもお望みのままにと肯きそうになってしまうのは、女を狂わせる独特の色香のせいかもしれない……でも。

「……もし、殿下にお味方していると知られたら、我が家が困った立場になる可能性もありますよね？」

こんなことを言うのは心苦しい。サイファスには同情するが、だからといって皇后の不興を買いたいわけでもない。

「そうならないよう配慮はする。が、もしそれで困ったことになるようなら、俺に無理に命じられて逆らえなかったと言って良い。裏切りを持ちかけられたら大人しく従え。それを理由に罰することはない」

堂々と、サイファスより家を優先して良い。裏切っても良いと言い切られると、保身に走る自分が卑怯《ひきょう》な人間になった気がして罪悪感が募る。

そして裏切られた場合のことを常に考えている彼の境遇に胸が痛くなった。

正直、あまりお近づきになってはいけない人のように思うけれど……

「……承知しました。では、お言葉に甘えてそのようにさせていただきます。ですが、できればそんな時が来ないことを願っています」

ジュリアの言葉にサイファスは口の端を吊《つ》り上げるようにして笑った。

「俺もそう思う。ではここから、一つ決め事を提案しよう。他に人目がある時以外は、俺のことは敬称ではなくサイファスと呼んでくれ。俺も名で呼ぶ」

「えっ……」

「堅苦しい雰囲気での講義は苦手なんだ。口調も畏まらなくて良い。ではジュリア、早速だがまずは直近に迫っている建国祭について、教えをもらおうか」

こちらに返答を与える隙を見せずに話を移られてしまったことで、ジュリアは彼の提案に良いとも悪いとも言えなかった。

なんだかそわそわと落ち着かない気分になるけれど、それを態度に出すわけにはいかないと、懸命に腹に力を込めた。

「……建国祭は帝国でも特に重要視される三大祭事の一つです。服装から当日の作法、会話の切り出し方から祖先への祝辞、他諸々特に細かい暗黙のルールが多く、どこの家でも必ず王宮の式部官に助力を頼むほどに複雑です」

「知っている。だからこそ絶対に失敗はできない」

「一週間ほどお時間を頂戴してもよろしいですか？　万が一、漏れや抜けがあってはいけません。祖父から教わったことを纏めたものがありますので、それを書き写してきます」

「ああ。では一週間後、同じ時間にこの図書館で会おう」

「はい。ただあまり日に余裕がないので、先に衣装だとかアクセサリーだとか、そういったものはここで書き出します。これらは準備に時間もかかりますので、もし不足している物があれば手配を急がれた方が良いです」

図書館では本の内容を書き写すためにいつも携帯できるペンとインク、そして紙を持参している。

あくまでも書き留める用の紙なので、社交で使用するようなデザイン性の高い上質な紙ではないが、そこは許してもらおう。

と、紙をバッグから取り出そうとしたところで、ひらりとこぼれ落ちた栞《しおり》がサイファスの足元まで飛んでしまった。

中に収めていたものが一緒に出てしまったらしい。

「あっ」

栞をサイファスが拾い上げた。そのまま裏になっていた栞を表に返した彼はそこにある押し花に気付いたらしい。

「……もしかして、花祭りの時のか？」

「えっ、そ、そんなことは……」

ない、と言おうとして言えなかった。

実際にそうだったし、何よりそれをサイファスに指摘されるのが恥ずかしい。

「か、返してください、殿下」

手を差し出す。

するとじいっと見つめてくるサイファスの金色の瞳になぜか鼓動が跳ねて、みるみる頬が赤くなってしまう。

にやり、とこれまで以上に獰猛な、それでいて悪戯《いたずら》っぽい彼の目が弧を描いた。

「俺からの花を大事に押し花にしてくれたのか？」

俺から、という部分を強調する言い方は何やら随分と意味深だ。

彼くらい男性の色気と魅力に恵まれた人は、女性とのこの手のやりとりも手慣れているのだろうが、あいにくとジュリアには免疫がない。

「お、皇子様からお花をいただく機会は、もう二度とないと思ったので…………き、記念に取っておこうと思っただけです」

答える言葉も、妙にしどろもどろで言い訳じみてしまう。

「へえ。なら、二度、三度と贈ってみるのも悪くないな。今度は薔薇にしようか？」

「……ば、薔薇は、避けた方が無難かと……色や本数を間違えると誤解を与えかねない扱いの難しい花なので」

「赤い薔薇だと愛の告白だったか？　思えば花言葉も、一つの花に幾つも意味があってややこしいな」

「ですから、女性に気軽に花を贈るのはお止めになった方が良いです。正しく意図が伝わ

らない場合がありますので……返してください」

「サイファス、だ」

一瞬、何を要求されているのかが判らなかった。目を丸くするジュリアに、彼はニヤニヤと意味深な笑いを続ける。

「言っただろう、名で呼べと。なあ、ジュリア？」

先ほど以上に頬が熱を持つのを自覚した。

「か、からかうのはお止めください、殿下」

「返してほしいんだろう」

「そういうやり方はずるいです、それに私は承諾した覚えは……」

「拒絶しなければ、承諾したのと同じことだ。それとも婚約者がありながら、他の男を意識しそうで気が引けるか？　ジュリア」

またも名を呼ばれて、ぐっと言葉を詰まらせる。

どうしてそんなことに拘《こだわ》るのか、少しも判らない。

「……意識なんてしません。栞を返してください、サイファス殿下」

「殿下はいらない。あと、言葉使いも」

「……お願いだから、栞を返して。サイファス」

観念したように告げると、サイファスは満足そうに肯いて栞を差し出した。

再び彼の手に渡らないようにと慌てて受け取り、バッグにしまう。

それから場の雰囲気を誤魔化《ごまか》すように無言で書き取りを始めたけれど、もう彼は邪魔をするようなことも、からかうようなことも言わずにその作業を眺めている。

見られていると思うと奇妙な緊張で歪みそうになる字を正すのが大変だ。

結局ジュリアのそんな時間は三十分ほど続き、書き上げた数枚のメモを彼に手渡すと逃げるように図書館を後にしたのだった。

この日を境に、ジュリアの日常にいくらかの変化が訪れた。

これまでは嫁ぐ日のために望まぬ花嫁教育の傍ら、息抜きに好きな歴史に浸る日々だったが、そこにサイファスのための式典作法の講義と教本を作成する時間が加わったのだ。

祖父から教わったことのほか、近年の状況に合わせて変化していることを書き加え、自分なりの解釈とアドバイスを添える。

時には式典の段取りや祝辞の言葉などのレクチャーも行った。

その都度サイファスは礼を口にしてくれる。

ジュリアに一言の礼もなく当然の顔で世話をさせ、何か問題があれば全てこちらの責任だと責め立ててくるアーネストと比較してもその違いは大きい。

サイファスは、その野性的で官能的な雰囲気とは対照的に、教えに対しては真面目な生徒だった。

皇子としての教育を受けていないと聞くけれど、一般的な宮廷作法はきちんと身についているし、質の高い教養も窺える。

城で教えられていないのだとしたら、きっと軍に入ってから彼なりの伝手《つて》で学んだのだろう。

格下の、それも年下の娘であるジュリアから教えを受けることにも抵抗はない様子だし、意外と知識は貪欲に身につけていく人なのかもしれない。

軍を任されている他、第二皇子として様々な公務に携わっている彼は、多分想像するよりずっと多忙な人のはずだ。

それでも週に一度の講義には必ずやってくるし、限られた時間でできる全てのことを学ぼうとしていることが判る。

一度だけサイファスが呟いた言葉をジュリアはしっかりと覚えていた。

「皇后は気に入らない。……だが、兄の役には立ちたいんだ」

ジュリアが知る限り、皇太子であるエレファンとサイファスが仲の良い兄弟だという話は聞いたことがないし、一緒にいる姿を目にしたこともない。

だが、皇太子が積極的に弟皇子を疎んでいると聞いたこともない。

きっと、やはり見えないところで何かしらの交流があるのだろう。

こうした学びの結果、ジュリアからの助けを得て、サイファスは無事に建国祭を一つのミスもなく終えることができた。

「ジュリアのおかげだ。感謝する、引き続きよろしく頼む」

成功を一つ、また一つと重ねる内にサイファスは素直な信頼をジュリアへと向けてくれるようになった。

顔を合わせる機会が増える毎に、彼に対する奇妙な緊張も和らぎ、少し時間に余裕がある時には世間話もするようになった。

彼との間に奇妙な友情のような関係が築き上げられてきたとしても、そう不思議なことではないだろう。

彼と過ごす時間は素直に楽しかった。

いつしか週に一度の待ち合わせを、心待ちにするくらいに。

だが、そんな密かな日々はやがて終わりを迎える。

日増しに太陽の日差《ひざ》しが強い熱を放つようになった、夏の夜のことだった。

第二章

「早いものだな。もう二ヶ月か」

ぼそりと呟いたサイファスの言葉に、レガートがその目を向けた。

何が、と尋ねてこないのは、その二ヶ月がジュリアと出会って彼女からの教えを受けるようになった期間だと知っているからだ。

そして同じ期間だけ、サイファスは複雑な式典作法を一度も失敗することなく乗り切ることができている。

半ば強引に頼んだとはいえジュリアは実に良い教師だった。

祖父から教わったという豊富な知識はもちろんだが、それ以上に彼女自身も歴史やその他のことをよく学んでいて、なぜこのような決まりができたのか、どんな意味があるのか、これまで理解できなかったことが彼女の解説で一気に吸収されていく感覚は快感に近い。

兄のエレファンは訳知り顔で、

「良い講師を見つけたみたいだな」

と満足そうに笑っていた。

一方で皇后のリキアは会うたびに不機嫌そうな顔を向けてくる。

失敗を重ねていた二ヶ月前、

『あなたが自分の立場を弁《わきま》えて私に接するなら、こちらも協力することはやぶさかではないのよ？』

と、そう言って意味深な流し目を向けて寄越した時の顔と雲泥の差だ。

そして今夜の夏宵の宴を無事に乗り越えれば、少なくとも直近二ヶ月以内で大きな行事の予定はない。そう思うだけでも素晴らしい解放感である。

「それにしても、ジュリア嬢には感謝してもしきれませんね。婚約者のドレイク伯爵子息は、なぜあれほど邪険にするのでしょう」

「さあな。男と女のことだ、部外者には判らないこともあるのかもしれん。……だが、男のやり方は気に入らんな」

彼女が婚約者から大切にされていないことなど、花祭りの一件からも見て判る。

ジュリアからも、婚約者について悩まされている様子は言葉の端々から感じ取れる。

彼女はもう諦めている様子ではあるけれど、やっぱり納得はできていない様子だ。

「俺からの感謝の花ですら丁寧に栞に加工して持ち歩いているくらいだ。きっと日頃から丁重に接してもらえる機会が少ないのだろう」

栞にしているとバレた時のジュリアのばつの悪そうな、気恥ずかしそうな、真っ赤に染まった顔はなかなかに見応えがあった。

彼女は自分自身のことを地味な娘だと認識しているらしい。

確かに、柔らかな茶色の髪と同じ色の瞳は地味で、ぱっと見で目が惹き寄せられるほどの華やかさがあるわけではない。

式典作法や歴史の知識以外で、令嬢として武器になるような特別な才能があるわけでもなさそうだ。

ずば抜けて美人というわけでもなく、平均よりやや小柄な体つきで、自信のなさのあらわれか生まれたばかりの子鹿のようにおどおどと振る舞うこともある。

だが笑うととても可愛《かわい》い。怒らせても、拗《す》ねさせても可愛い。

困った時に眉を下げながらこちらをチラチラと盗み見てくる仕草も、何かちょっと褒められるとすぐに頰を染めてはにかむ姿も堪《たま》らなく可愛い……もっとそれ以外の表情も暴いてやりたいと思うくらいに。

一度引き受けたことには一生懸命に取り組む姿勢も好ましい。

大人しく控えめな印象だけれど、譲れないところでは意外に頑固な反応を見せるところも、人間味があって可愛いと思う。

柔らかい声で名を呼ばれると心地よい。

つまりサイファスは、すっかりジュリアという伯爵令嬢を気に入っていた。

「気立ての良いご令嬢だと思いますけどね。それに機転も利く賢い人です。なぜそれほど気に入らないのか、私には理解できません」

レガートがジュリアの機転が利いて賢いと評価した理由は、半月ほど前の皇后の生誕祭での出来事が理由だ。

皇后の生誕祭に関しては皇后リキアの意向が強く影響する。

恐らくここのところ失敗のないサイファスが気に入らなかったのだろう。

直前になって突然ドレスコードを変えられた。それもサイファスにはその報せが行かないように小細工までして。

やり方はくだらないが、もしここで場違いな装いをしていたら、サイファスはその非礼を皇后に謝罪せねばならなかっただろう。

大勢の貴族たちが注目する中、彼女の足元に膝をつき、頭を下げる格好で。

そのサイファスの姿をリキアがどんな顔で見下ろすのかと想像するだけで不快だ。

だが結局サイファスはこれも無事に乗り切った。

全てはジュリアが気を利かせてくれた結果のことである。

「殿下。少々よろしいですか」

生誕祭当日、何も知らずに会場へ入ろうとしたところでレガートに耳打ちされて足を向けた先にいたのは、こちらも出席準備を整えた正装姿のジュリアだった。

その彼女の姿に思わず息を呑んだことをはっきり覚えている。

淡いパステルピンクの清楚《せいそ》なドレス姿だった。

肩から胸元までをうっすらと肌が透けるシフォンで覆い、その上に小花模様の細かな刺《し》繡《しゅう》が、腰からスカートへとちりばめるように彩っている。

その花模様に細く絞ったウエストの途中から枝葉を伸ばすようにライトグリーンの葉模様が加わり、所々にちりばめられた細かなクリスタルビーズが思わぬ角度で光を弾いて美しい。

どちらかというと他の令嬢よりは控えめな装いだが、彼女には良く似合った、童話の中から出てきた花の妖精のようだと感じた。

普段図書館での地味な装いの彼女の姿に見慣れていたから、華やかな令嬢の姿をしている彼女に素直に目を奪われた。

化粧もナチュラルながらドレスに負けないように施されていて可愛らしい。

しかしサイファスがその姿を褒めるよりも彼女が慌てたように近づいてきて、青いサファイアのブローチを差し出す方が先だった。

「これは？」

「直前になって、お城から報せがあったのです。皇后様のご意向で、当日男性は皇后様のお好きな青い宝石を必ず身につけてくるように、と」

すぐにレガートに目配せするが、返ってくるのは首を横に振る仕草だ。

参加する貴族家には通達が届いているのに、真っ先に連絡がなくてはならないはずのサイファスの元へは届いていない。

「……なるほど。つまらない嫌がらせだな」

「もしかしたらあなたは知らないかもと思って、レガートさんに取り次いでほしいと警備兵の方にお願いしたの」

言いながらジュリアはブローチのピンを外してサイファスのクラヴァットへ手を伸ばす。

彼女が手にしているブローチは、皇族男性が身につけても違和感はないくらい、鮮やかな色の良い男性もののアクセサリーだ。

「レガートさんと連絡がついて良かった。これならそう不自然じゃないと思うわ」

「……これはお前のものか？」

いささか声が低くなったのは、彼女が男性向けのアクセサリーを持っていることが純粋に気に入らなかったからだ。

「ええ。以前、お祖父様《じいさま》からいただいた物なの。大切な物だから、無くさないで、必ず後で返してね」

けれど、その後何気なく続いた彼女の言葉に意外なくらいホッとする自分がいる。

手を伸ばせば触れられるほど近くで彼の顔を見上げ、無邪気に微笑む顔を見ると何とも言えない感情を覚えた。

気に掛けてくれた喜びと、大切な物を貸してくれる感謝と、半ば強引に面倒をみさせてしまった罪悪感と。

「……気を遣わせてすまないな。ジュリアには世話になりっぱなしだ。そもそも、最初の依頼も随分強引だったと自覚してはいるんだ」

そうせざるを得なかったサイファスの事情はある。

式部官は頼れない、皇后の顔色を窺う貴族たちからは足を引っ張られる、独学で学ぶにしても複雑すぎてそれも難しい。

自分が悪く言われるだけならば気にもしないが、サイファスの評価はそのまま自分を支えてくれる人の評価を落とすことにも繋がる。

彼なりに本当に切羽詰まっていたのだ。

詫びるサイファスにジュリアは笑った。

「確かに最初はどうしようと思ったけれど、私たちが平穏に日々を過ごせているのはあなたを初めとした軍の皆様のおかげだもの。恩返しができるなら嬉しい」

「ジュリア」

そんなことを言われたのは初めてだった。

帝国は一見平和に見えるが、大国だからこそそれ相応に諍《いさか》いは多い。だが多くの人々は軍が国を守るのは当然のことと考えて、役目を果たせと要求するばかりだ。

感謝されるのは勝利したほんの一時のこと。自分たちに被害が及ばない限りは、暴力に物を言わせる野蛮人だと陰口を叩く者もいる。

こんな面倒なことに巻き込まれているのに、恩返しができるなら、などと考える者がどれほどいるだろう。

近くに寄った彼女から、ほんのりと花の匂いがする。

大柄なサイファスに比べて、彼女は頭二つ分ほども小さくて、その指も華奢《きゃしゃ》で細い。

「はい、できた」

角度が曲がっていないか、下を向いていないかと少し調整してから顔を上げて見せた彼女の笑顔に生々しい欲を抱いた……男女的な意味で、だ。

それと同時にこれまで以上に可愛いと思った。

サイファスも良い年齢の大人の男だ。肉欲を抱くことそのものに驚きはないが、女性に対してここまで可愛いと感じた経験はさほどない。逆に醜いと感じることは多々ある。

幼い頃から皇后に苦しめられていたため、自分の女性へ向ける目はいささか厳しいという自覚もある。それを露骨に態度に出すほど子どもではない、というだけのことで。

だが今彼の目に映るジュリアという娘は、少しこれまでと違った印象を与える。

ぱっちりと大きな目は愛らしく、小さな唇は瑞々《みずみず》しい。真夏でも日に焼けることがないようにひっそりと気を配ったきめ細かい肌は白い。

今の令嬢らしい姿のように、磨けば絶世の美人とまでは言わないにしても、男心を擽《くすぐ》る可憐《かれん》さは充分持ち合わせている。

その上、気立てが良く健気《けなげ》だ。少々不器用なところはあるだろうが、誰しも完璧な人間などいない。この場合、サイファス自身が可愛いと思えばそれで充分なのだ。

(その唇に触れて、指で舌を押さえてやったらどんな顔をする？　肌に触れ、愛撫《あいぶ》してやったらどんな声で啼《な》く？　真っ赤に染まった頬に口付けたら、どれほどの熱い温もりを教えてくれるだろう)

だが彼女に婚約者がいる以上、うかつな真似をすれば責められるのはジュリアの方だ。

自分の身勝手な欲で彼女の名誉を穢すわけにはいかない。

出そうになる手が、彼女に触れぬように自分の後ろに回しながらサイファスは告げた。

「ありがとう。感謝する。だが、こんなところに一人でいて大丈夫なのか？　婚約者がエスコートしているのだろう。早く戻らねば探しに来るかもしれない」

それを指摘すると、ジュリアは少しだけ困ったように笑った。

「大丈夫。……あの人は、探しに来ないし……私がいないことにも気付いていないかも」

その瞬間、腹の中で渦を巻くような怒りがこみ上げたのを覚えている。

初めて出会った日に置き去りにしたことといい、花祭りに花の一つも贈らないことといい、ジュリアの婚約者はどこまで愚かなのか……そんな扱いをして良い女ではないのに。

結局その日も、彼女のおかげでサイファスは事なきを得た。

だが……あれからずっとすっきりしない感情が、サイファスの中にずっと残っている。

言うまでもなくジュリアのことだ。

彼女のあの知識に、きっとアーネストだって幾度も救われているだろう。

自分ならば決して彼女を粗末に扱ったりしないのに。

もっとも腹が立つのは、彼女自身が将来を諦めてしまっていることである。

眉間に深い皺を寄せたサイファスの表情から、何を読み取ったのだろう。

不意にレガートがこう言った。

「彼女はあなたのお相手として、そう悪くない令嬢だと思いますよ」

口調こそ軽いが、言っていることはなかなかに好戦的である。

つまり横から奪ってしまえと言っているのだ。

「馬鹿を言え、略奪なんて真似をすれば、俺はともかくジュリアまで矢面に立たされる」

サイファスの顔に何とも苦い表情が浮かぶ。

「なら良いんですか?」

ジュリアが婚約者に邪険に扱われていても、社交界で嗤われていても。

「一時傷になったとしても、生涯を通して苦しむよりはマシだと私は思いますがね」

「確かに俺もそう思う」

だができればジュリアの傷は最小限に抑えたい。

ではどうするか。答えをサイファスが出すよりも早くに、その騒動は起こった。

よりにもよって夏の訪れを祝う、夏宵の宴が行われたその夜、王宮のダンスホールにおいて、ドレイク伯爵子息アーネストはやってくれたのだ。

大勢の招待客がいる前で、その隣にジュリアとは違う令嬢の腰を抱きながら。

「ジュリア・シェーンリッチ。今日、この時をもってお前との婚約は破棄させてもらう!」

と、声高々と。

これまでアーネストを愚かな、人の価値も判らない間抜けだと思っていたサイファスだったが、この時は内心本気で殺意を抱いた。

それと同じくらい喝采を上げたくなった。

馬鹿な男が良くやってくれた。

これで心置きなく手に入れられる、と。

周囲でざわつく人々の声を聞きながら、ジュリアは半ば呆然と、婚約者……いや、この場合は元婚約者となるのだろうか。

そのアーネストの顔を見つめた。

彼が、自分とは違う令嬢と親しくしているらしい、という話はジュリアも知っていた。

自身で調べようとせずとも、いつも親切な誰かが教えてくれるからだ。

でもまさか、婚約破棄を言い渡されるとは思っていなかった。

それも正式な国の祭典が行われている、王宮のダンスホールで。

こんな見世物のように破棄されては家の名に泥を塗るどころの話ではない。

本来ならば速やかにアーネストに抗議しなくてはならない。

だが驚きのあまり、咄嗟《とっさ》に言うべき言葉が頭の中で纏まらない。

一方でジュリアとは対照的にアーネストが朗々と言葉を続ける。

「我がドレイク家としても非常に遺憾と言わざるを得ない。まさかシェーンリッチ伯爵令嬢ともあろう者が、婚約者のある身で他の男と深い関係になるなど！」

「……他の男性と深い関係？」

ジュリアがやっと声を出せたのはこの時だ。

とはいえそれは言うべき言葉が纏まったからではなく、あまりにも予想外のことを言われて反射的に出てしまったものだ。

「とぼけても無駄だ。恐れ多くも皇后陛下の生誕祭の夜に逢い引きしていたのだろう？」

逢い引きなんてしていない。

でも全く心当たりがない、とは言えない。

確かに生誕祭の夜、サイファスと会った。人目を忍ぶために身を隠してのことだったから、逢い引きと誤解されてもある意味仕方がない。

「……それは、アーネスト様ご自身の目でご確認されたのですか？」

もし相手のことまで知られていたら、とヒヤッとしたが、違ったようだ。

「親切な方が教えてくださったのだ。相手の男の顔までは見えなかったが、確かにお前が男と逢い引きし、身を寄せ合っていたと」

「……そう、ですか」

この場合の『親切な方』という言葉がどれほどアテにならないものか知っている。

けれどその親切な方が相手の顔を見ていれば必ずサイファスの名が出るはずだから、顔は見えなかった、というのは本当のことらしい。

（サイファスだと知られていないのは良かったけれど……こんなやり方はあんまりだわ）

誤解されるような行動をした自分も悪い。

だけどこんな人前で糾弾するようなやり方が正しいとは思えない。

どうして二人だけの時に訊《き》いてくれないのかと思ったが、すぐに打ち消した。

アーネストが自分にそんな気遣いをしてくれる人なら、こんなことにはなっていない。

「……私は、人様に顔向けができないようなことはしていません」

青ざめながらも、ようやくまともな言葉が出せた。

「アーネスト様の方こそ、お隣にいらっしゃる素敵なご令嬢はどなたですか？　ここのところとても親しいお付き合いをなさっていると、私も『親切な方』から伺っておりますが」

アーネストの隣に寄り添う令嬢の方がビクッと揺れた。

まるでひどい言いがかりを付けられたみたいに傷ついた顔をするけれど、こうも露骨に寄り添っていてそれはないだろう。

対してさらに不機嫌そうに顔を歪め、苦々しい声でアーネストが言い返す。

「自分の所業を棚に上げて罪のない令嬢に言いがかりを付ける気か？　全く見下げ果てたものだな。伯爵にも娘にどんな教育をしているのか、抗議しなければ」

本当に、恥じることなど何もしていない。

今のアーネストのように親しげに腰を抱かれたこともなければ、ジュリアから触れたこともない。

唯一の例外は、あのブローチを彼のクラヴァットに付けてやるために近づいた時だけだ。

それだって後ろ暗いことは何もない……はずだけれど。

（……でも、本当に何も後ろめたいことはないと言い切れる？　婚約者のいる身で、私の行動は本当に適切だった？　彼に近づいた時に、何も感じなかったと言い切れる？）

そうは言えない自分がいることをジュリアは自覚していた。

だって、サイファスと知り合ってからジュリアの心はアーネストのことよりもサイファスのことを考えている時間が圧倒的に多い。

特に彼と時間を過ごすようになってからは、サイファスのことばかり考えていた。

その多くは式典作法の伝授のためで、それこそやましいことは何もないけれど、ジュリアが彼との時間を楽しんでいたのは事実だ。

（サイファスの側は居心地が良かった。困っていたのは最初だけで、だんだん彼といるのが楽しくて……会える日が待ち遠しかった）

皇子様にしては気さくで、だけど割と頻繁にドキドキさせられて、彼の成功は我がことのように嬉しく、そして誇らしく感じていた自分をジュリアは自覚している。

（たとえ不適切と言われるような接触はしていないとしても、これは浮気ではないと本当に言い切れる？　心の浮気ではないのかと言われたら……私は否定できるの？）

自信がなかった。

その自信のなさゆえに心が動揺してしまって、アーネストにまともな反論ができない。

これは駄目だ。

少なくとも今、ここで何か言おうとして失敗するより、持ち帰った方が良い。

そう判断して細く息を吐き出した。

「……アーネスト様のご希望は理解いたしました。私の独断でお返事をすることはできませんのでこのお話は持ち帰り、父に相談いたします」

今考え得る、一番まっとうなことを言ったつもりだ。

だがこの言葉にもアーネストは肯かなかった。

「いいや、そちらが何を言おうと婚約は破棄だ。いくら私に未練があろうと、もうお前に望みはない。潔く非を認めて諦めろ」

それではまるでジュリアがアーネストに心があるようではないか。

そんなわけはない。

言えるものなら言ってやりたい、誰があなたのような男に未練があるものか、と。

けれどやっぱりジュリアには決定権がないのだ。

「……父に相談します、と申し上げました」

その瞬間だ。それまで抱いていた令嬢の腰から手を離して、アーネストがつかつかと無造作に近づいてくる。

思うとおりの返事をしないジュリアに苛立《いらだ》ったように詰め寄る彼の様子から、もしや殴られるのではと恐れを抱いて、無意識に数歩後ろへ下がった時、背後にあったテーブルにぶつかって姿勢を崩してしまった。

咄嗟にバランスを失って身体を支えるために近くにあったテーブルクロスを掴んだが、それで支えられるわけはなくそこに並べられていたドリンクが注がれた幾つものグラス毎、その場に倒れ込んでしまう。

立て続けにグラスやボトルが床で割れる音が響く。

幸いそれらで怪我をすることはなかったが、床に広がったワインや果実酒が倒れ込んだジュリアのドレスに大きな染みを作り、肌を濡らした。

せっかくこの日のために整えた装いも化粧も、全てが台無しだ。

「……っ……」

あまりにも無残な姿に言葉も出せないでいると、目の前でアーネストが笑いを堪えるようにその口元を歪めて見せた。

彼だけではなく、そのそばにいた令嬢も、周囲の貴族たちも皆似たような顔をしている。

俯いたまま、すぐに立ち上がることもできずに全身が小刻みに震えた。

「伯爵令嬢ともあろうものが、無様なものだ。いや、気にすることはない、実にお前らしい姿だからな」

倒れたジュリアを助け起こすでもなく、怪我の有無を心配するでもなく……判ってはいたけれど、やはり彼にとって自分はその程度の存在でしかなかったのだと実感する。

周りから聞こえるヒソヒソとした声は次第に明確な言葉になって、ジュリアの耳に届く。聞こえる言葉のいずれもが哀れな令嬢に同情するフリを装いながら、この場の出来事を楽しむような好奇心に満ちたものばかりだ。

（悔しい……どうしてこんな思いをしなくてはならないの。私が一体何をしたというのよ）

ジュリアにも落ち度がないとは言えない。付け込まれる隙を作ったのは確かだ。

でも……それがなかったとしても、アーネストの自分に対する言動は程度を越えている。

今まで、ずっと彼の望むとおりに振る舞ってきた。

『派手な装いは嫌いだ、慎《つつ》ましやかに振る舞え』

『お喋りは嫌いだ、口答えなどせず大人しく従え』

『出しゃばりは嫌いだ、男より前に出てくることはなく、後ろに控えろ』

『こちらの要求には最優先で行え』『はしたなく笑うな』『陰鬱な顔をするな』『余計な口を出すな』『自分に恥を掻かせるな』

……どれほど理不尽なことであっても、できる限り従ったつもりだ。

それなのに……いや、何もかも従ったことが駄目だったのかもと、そう考えた時だった。

「この場にいる者たちは紳士淑女の集まりだと思っていたが、そうではなかったようだな。倒れている令嬢に手を貸す者の一人もいないとは、全く嘆かわしいことだ」

人垣の向こうから、突然聞こえた声に驚いて振り返った。

腹の底に響くような低音かつ、どこか身体の芯を蕩《とろ》かすような色気のある若い男性の声は、ここ最近すっかりと耳に馴染《なじ》んだものだ。

どうしてとジュリアが何かを言う前に、左右に割れた人々の合間を縫うように、頭のてっぺんからつま先まで黒色の正装に身を包んだ青年が現れる。

堂々とした大きな足取りで、ジュリアの元へ歩み寄ってきたサイファスはおもむろに彼女の前に膝をつくと、こちらを見つめてきた。

その視線を受けて、じわっと視界が潤んだ。

この日のために用意したパステルイエローのドレスは質の良いシフォン生地で丁寧にタフタを作り、年若い令嬢に相応《ふさわ》しく愛らしいデザインとなるように作られたものだ。

裾に向かうにつれて花を模した刺繍が細かく刻まれ、同色のレースが品良く裾を彩っているお気に入りのドレスだったのに、今は染みだらけでとても見られたものではない。

倒れる際に乱れたのか、纏めた髪も一部がほつれて落ちかかっているし、きっと今自分はひどく情けない顔をしている。

とてもではないが見せられる姿ではない……けれど。

「怪我はないか。……いや、動くな、後ろにガラスの破片が転がっている」

確かに少しでも身じろぎをすれば刺さりそうな位置に割れたグラスの破片がある。

サイファスが身動きできなくなったジュリアへと手を差し出す。

「あっ……サイ……で、殿下まで汚れてしまいます……」

「汚れなど落とせば済むことだ」

辿々《たどたど》しく遠慮するジュリアの手を、しかし彼は半ば強引に摑んで慎重に破片に触れぬよう助け起こしてくれる。

そして怪我がないことを確認してから、改めて流し見るような視線をアーネストに向けた。

「……ど、どうしてあなたが……」

「ここは皇城だ。俺がいて何がおかしい？」

「そ、それは……」

皇帝や皇后、皇太子が顔を出したのは最初だけで、すぐに退出してその後は皇族不在となっていたため意識していなかったらしい。

いないと思っていた突然の第二皇子の横槍に狼狽えるアーネストからは先ほどまでのふてぶてしい様子はすっかりなりを潜めてしまっている。

だが狼狽えているのはジュリアも同じだ。

今度はこちらを見たサイファスと目が合う。

なぜだかいつも以上にその視線に色気を感じて、彼が魅力的に見えて、ビクッと肩が揺れると同時に頬が赤くなるのを止められない。

こんな反応を周囲に見られたらと慌てたけれど、無用な心配だったようだ。

何しろ周囲にいる男女問わず貴族の皆様殆ど全てが同じ反応をしたからだ。

当然、アーネストの隣にいる男爵令嬢も、である。

「自分の行いを棚に上げて突き飛ばしたあげく、侮辱するとは大した振る舞いだな」

「……っ、突き飛ばしてなどいません。自分で倒れたのです」

「こんな人前で晒《さら》し上げるように不貞を疑い、弁明も許さずに婚約破棄を迫る男ににじり寄られたら、誰だって逃げたくなるだろう。怪我をさせていたらどう責任を取るつもりだった？」

「……それは……」

「ああ、責任など取るつもりはないか。シェーンリッチ伯爵令嬢が他の男と逢い引きしていたという話を理由に、彼女との婚約を破棄すると言っていたな。その言葉は事実か？」

アーネストは完全に気圧された様子ではあったが、それでもかろうじて肯いた。

この状況では彼ももう後には引けないのだろう。

「そ、その通りです」

「二言はないな」

「ございません」

肯くアーネストは、さらに責められると思ったのかその表情が硬い。

だが彼の予想は外れた。サイファスが満足そうに口の端を吊り上げたからだ。

「ならば、ジュリアは俺がもらおう」

「きゃああっ⁉」

おもむろに伸びた腕に突然抱え上げられて思わずこぼれた悲鳴と、周囲から上がったざわめきが重なった。

「暴れるな。大人しくしていろ」

そのまま逞しい胸に捕らえるように、ぎゅうっと抱きしめられてジュリアは完全に硬直してしまう。もちろんその顔は熟した林檎《りんご》よりも赤い。

「な、なんで……っ……⁉」

驚きすぎてまともな言葉も出せない様子のアーネストに、勝ち誇るような表情でサイファスは告げた。

「お前が彼女を責め立てていた逢い引き相手とやらは、この俺だ。残念ながら彼女は俺の『忘れ物』に気付いて親切に届けてくれただけで、お前の言ういかがわしい事実など存在しなかったがな」

再び周囲で小さなざわめきが広がる。

「冷静に本人に確認すればそれで済んだことを、このような場で責め立てて大事《おおごと》にするとは、全く大した婚約者殿だ」

そこでサイファスは「だが」と短く区切ると獰猛に笑った。

「そのおかげで俺は意中の令嬢に求婚できる機会を得た。感謝する、人を見る目のない、愚かな元婚約者殿。貴殿には、そのお隣のご令嬢がよくお似合いだ」

全く予想もしていなかった侮蔑の視線と言葉を受けて、アーネストはもちろん、彼の隣に寄り添っていた令嬢までもがカッと恥辱で顔を赤く染め上げた。

そんな二人に構うことなくサイファスは騒然となる周囲の様子を物ともせず、ジュリアを抱えたまま会場を後にする。

面白いことにサイファスが一歩前に進むたびにその行く手を塞いでいた紳士淑女たちが、さあっと波が引くように周囲へ退く。

その間をあくまでも堂々と歩き去るサイファスとは対照的に、ジュリアは一体何があったのか、全く理解できずにいた。

(えっ、ちょっと待って？　どういうこと？　何があったの？)

公衆の面前でアーネストから婚約破棄を告げられたことは判る。

自分が無様な姿を晒したことも、サイファスが助けに入ってくれたこともちゃんと覚えている。

（でも問題はその後よ。意中の令嬢？　求婚？　誰のこと？）

考えれば考えるほど、頭が混乱した。

困ったように視線を彷徨《さまよ》わせれば、サイファスの背後から付き従うレガートと目が合う。

必死に目で訴えたが、レガートはにっこりと微笑むだけで何も言ってくれない。

そもそも自分はこのままどこへ連れて行かれるのだろう。

冷静に考えれば第二皇子に抱かれて移動するなど、とんでもない絵面ではないだろうか。

落ち着かずにもじもじと身じろぎすれば、サイファスの両腕にぐっと力がこもり、より密着するように抱き寄せられた。

「!?」

思考が飛ぶ。硬直するジュリアの耳元で低く艶っぽく、官能めいた声で囁《ささや》かれた。

「いいから大人しくしていろ。じっとしているんだ。判るな？」

直接耳から吹き込まれるような声と、呼気が耳朶《じだ》に触れて、反射的に身が震える。

両手で耳を塞ぐように押さえたけれど、ざわざわと背筋を擽られるような奇妙で未知な感覚に抗《あらが》うこともできない。

だが、彼女の混乱はこれだけでは終わらなかった。むしろまだまだ序の口だったと知るのはこの後のことである。

そのままジュリアはサイファスに抱えられて、一度外に出たあと馬車で十分ほど走った場所にある西の宮に連れ込まれた。

「こ、ここは?」

「俺の宮だ。まあ普段は軍舎で生活をしているから滅多に使うことはないが。お前をその姿のまま帰すわけには行かないだろう?」

確かに今のジュリアの姿は本当にひどい有様である。

折角のドレスも台無しだし、こんな姿で帰れば間違いなく家人を心配させる。

「風呂と代わりのドレスの用意くらいはしてやる」

「そ、それはありがたいけれど、でも……」

間違いなく、自分が気安く立ち入って良い場所ではない。

普段はあまり使わないと言ったが、皇子に与えられる宮なだけあってシェーンリッチ伯爵家よりも大きく立派な建物だ。煌《きら》びやかという印象ではないが、内装も調度品もどれも品のある高級品ばかりで、足元の絨毯《じゅうたん》さえ踏むことを躊躇う芸術品である。

ただ、生活感はない。高貴な人の住まう見本のような場所だと感じる。

すれ違う使用人にいくつか指示を出し、彼がジュリアを運び込んだのは、一目で彼の私室だと判る部屋だ。

大きな執務机と、やはり大きな対となるソファにテーブルが置かれていて、天井からは昼間のように周囲を照らすシャンデリアが下がっている。

壁紙は深い無地の臙脂色《えんじいろ》で持ち主の雰囲気を反映するかのようにやはり重厚な雰囲気を演出していた。

だが今はそれを堪能する余裕などない。

彼の腕からソファへと降ろされたはいいものの、そのソファに半ば押し倒されるようにのしかかられてしまったから。

一緒についてきていたはずのレガートの姿も今はなく、他に使用人の姿もない。

逃げようとしても部屋のドアは閉ざされている。

「……あ、あの……？」

未婚の令嬢が異性と密室で二人きりになるなどありえないことだ。通常は他に人が付き添うことになるし、仮に二人だとしても扉は開け放っておくものである。

これまで図書館で講義を繰り返した時も密室で何度も一緒にはなったが、その場には必ずレガートやルーシーも同席していた。

その上覆《おお》い被《かぶ》さる格好でサイファスに行く手を遮られていて、明らかにこれまで彼が守っていた適切な距離を踏み越えている。

まさか、という思いと、先ほど彼が会場で宣言した「求婚」という言葉が頭の中で渦を巻いてジュリアを混乱させていた。

「さて、ジュリア。風呂や着替えの準備をさせている間に少し話をしようか」

「は、話は、もっと落ち着いた状態で、日を改めてからで……！」

「いいや、お前に冷静に物事を考える時間を与えては良くない気がする。場の雰囲気に流されてくれるくらいでちょうど良い」

サイファスがいささか乱暴な焦れた手つきで手袋を脱ぎ、己のクラヴァットを解くと、おもむろにその襟元を緩めた。

開いた隙間から男性という性を強く意識させる太い首や、喉仏、そこから鎖骨に続くラインが見えて、見てはいけないものを見たような気がして慌てて顔を背けるけれど、目に焼き付いた記憶まで打ち消すことはできない。

「な、何を言って……やっ……！」

皮膚が硬くなった指先で、頬から首筋の柔らかな肌をなぞられて、ぞわっと痺《しび》れるような感覚に咄嗟に声が出た。

心臓が跳ね上がり、全身が熱くなる。すさまじい勢いで肌が染まっていく様を、己の意思で止めることなど到底無理だ。

「こっちを見ろ、目を反らすなジュリア」

普段から彼には蠱惑的な魅力を感じていたけれど、意図的に甘く艶を声に含められるとその手のことには免疫のない初心な娘にとっては劇薬に近いのだと初めて知った。

ましてや今にもその唇が肌に触れようかというほど近くに接近されてはなおさらだ。

こんな状況で目を合わせるなんてできるはずがない。

「む、無理……！」

「なら、今すぐこの場でお前を抱くが、それでいいんだな？」

「なっ⁉」

さらっと告げられた言葉に絶句した。

さすがに「抱く」という言葉の意味が判らないほどには子どもではないつもりだ。

まさか本気で言っているのか、と恐る恐る視線を彼へと向けるけれど、即座に合わせられた金色の瞳を見た瞬間に本気だ、と察する。

自分がかなり真剣に貞操の危機にさらされていることは理解できた。

それくらい今のサイファスは飢えと欲と情に満ちた獰猛な瞳で笑っていたのだ。

一度目が合うと、もう逸《そ》らすことなどできなかった。

今、ここで目を反らせば、それこそ問答無用で食われると本能が訴えている。

それでなくともジュリアの顎を摑んでいた彼の手は、そこから首筋へ滑り落ちて、薄い皮膚の下の激しい脈を探るように触れている。

つっ、とその指先が肌の上を辿《たど》るように鎖骨をなぞられると、ひゃっ、と情けない声が上がりそうになって慌てて口を閉じた。

「あの馬鹿の振る舞いにはむかっ腹が立っていたが、お前を手放すという英断には感謝しなくてはならないな。おかげで策を弄することなくお前を望むことができる」

目を細めて彼は笑う。指先で鎖骨を撫《な》でていた手が、今は手の平全部を使ってジュリアのデコルテの肌に触れる。

あと少しその位置が下がれば、胸の膨らみに触れてしまいそうな位置だ。

彼の手を押し返したくても、不安定な姿勢で押し倒されているせいで思うように身体が動かせない。

とんでもない暴挙だ。

だが困ったことに、彼のその露骨な接触をジュリアは嫌だと思っていない……それどころかその皮膚の感触が、そして温もりが肌を通して伝わるたび、言葉にできないぞくぞくとした奇妙な感覚に神経を擽られて身体が熱くなってしまう。

いつしかしっとりと、その肌が汗で湿り始めていた。

「……ど……して……」

結局、やっとの思いでジュリアがどうにか口にできた言葉はそれだけだ。

何かを言おうとしてもぱくぱくと口が開閉するばかりで、上手く言葉が出てこない。

それでもサイファスにはジュリアが問いたいことが何かは理解しているのだろう。

「どうしてこんなことをするのかと？　決まっている、お前に惚《ほ》れたからだ」

「う……」

「嘘《うそ》じゃない。好きだ、ジュリア。結婚してくれ」

「でも……」

「あの男のことが気になるなら心配するな。明日にでも婚約破棄の正式な書面にサインをさせる。そもそも言い出したのは向こうだからな、会場にいた全員が証人だ。あれだけのことをしておいてなかったことにはできん」

「ば……」

「賠償金？　名誉毀損の慰謝料も合わせて向こうから搾り取ってやるから安心しろ」

何かを言おうとする側からサイファスは、ジュリアが言わんとすることを全て先回りして潰していく。

（……どうしよう。なんだかもう、夢なのか現実なのか、判らなくなってきたわ……）

大体突然の婚約破棄騒動にすら混乱した頭は対処し切れていないのに、それを上回る大きな衝撃を与えられた上に強烈な色気をぶつけられて、冷静に考えられる女性がいるのだろうか。

もう混乱しすぎて涙が出てくる。それを懸命に耐えると、唇が震えてしまった。

「どうした？　泣きたいなら素直に泣けば良い。もっとも、その涙の理由が何かは教えてほしいが」

囁く声は、相変わらず低く、艶っぽく、それでいて甘い。今までよくこの人と共に時間を過ごせていたなと、過去の自分に驚くくらいだ。

なんだかだんだん叫びたくなってきて、その勢いのままに口を開く。

「わ、わけが判らない……！　好きだとか、結婚とか、そんなの今まで一言も」

「俺も自覚したのは最近だからな。実は自分でも少し驚いている」

「か、からかうのは止めて！」

「あいにくと本気だ。冗談でこんなことを言うほど悪趣味じゃない」

「だ、大体、私なんか、あなたにそんなことを言ってもらえるほどの女じゃ……」

「気に入らんな」

元々低く艶のある声が、さらに低くなる。

気に入らないという言葉通りに不機嫌そうに響いた声から、彼の気を損ねてしまったかと反射的に怯《おび》えを抱いた時だ。

「あの男はどれだけお前の自尊心を傷つけたんだ？　その礼は改めてさせてもらう。だが、今は素直に答えてくれ」

今、自分はどんな顔をしているだろうかと、そんなことが気になった。

「俺が嫌いか？」

首を横に振る。そんなわけはない。

「なら、結婚するな？」

何が『なら』に繋がるのか全く判らない。嫌いじゃないから即結婚しても良いということにはならないだろうに。

「女を口説く上手い言葉など知らん。だがお前が肯いてくれるなら、二度と自分なんかという言葉が出てこなくなるくらい愛してやる。お前がこれまで粗末にされた分も補って余りあるくらい、そんな扱いをされて良い女ではないと教えてやろう」

瞬間、我慢していた涙がこぼれ落ちてしまった。言葉なんて出てこない。

「自惚《うぬぼ》れても良いなら、少しは好いてくれているのではと思っていたが、それは俺の勘違いか？」

言葉で答えることはできなかったけれど、代わりに今まで以上に真っ赤に染まった頬や耳朶が答えを雄弁に語っている。

フッと笑う気配が伝わってきて、ますます身を固くした。

「好きだ、ジュリア」

再び告げられた愛の言葉は、不思議なくらいスッとジュリアの胸に染みた。

動揺して、混乱して、まともなことなんて考えられる状況ではないのに、ただその言葉が嬉しかった。

他の誰に言われるより、サイファスだからこそ嬉しいと感じた。

その喜びはジュリアの震える唇から、自然と想いを溢れさせてしまう。

「……私も、好き……でも……」

でも、なんと続けるつもりだったのだろう?

それを確かめる間もなく、顎を掬《すく》い上げるように上向かされて唇を奪われる。

「んっ、ふ……っ」

初めに感じたのは熱だ。

直に触れ合う自分とは違う人の熱にびっくりして硬直するけれど、無意識に両手で彼の腕に縋《すが》る。

作法には詳しくても、こんな時どうすれば良いのか全く判らない。

口を塞がれて、息が苦しくて、空気を求めて口を開けばそこにすかさず肉厚の生温かな舌が潜り込んできて、さらに肩が跳ね上がる。

「は……、んぅ……」

まるで、重なり合った唇から直接甘い毒を流し込まれるかのような口付けだった。

一秒ごとに理性が奪われて、本能がむき出しにされていくような。

頭がぼうっとするのは、息苦しさのせいか、それとも別の理由か。

「ま、待って、サイファス……!」

なんとか唇を離して弱々しく訴えたが、サイファスが待ってくれることはない。

それどころか彼はおもむろにジュリアの手を取ると、ワインの染みがついた彼女の手袋を脱がせてしまう。

そして素肌に移った酒精を舐《な》め取るように、指先を口に含んできた。

「な……」

最初は右手の人差し指から。彼の手に比べれば小枝のように細いジュリアの指を舐め、吸い、軽く歯を立ててくる。その次は中指へ。

そのたびに、指先から身体の芯がぞわぞわした。じっとしていられない刺激が走って全身が細かく震えるのを止められない。

五本の指全てを順に味わった彼が次に口付けたのはジュリアの手の平で、その中央や指の股までを丹念に舌でなぞられてそのたびに身体が細かく震えてしまう。

怯えるように、官能に戸惑うように。

「だ、だめ、やめて……サイファス……」

「……本当に、やめてほしいか？」

低く問われて言葉が詰まった。

心臓が、耳のすぐ横に移動したみたいに、ドクドクと激しい脈が頭の中に反響する。

手なんて普段何気なく使っていた、思考が停止するほどの刺激……もっと言うなれば快感を覚えたことなどなかった。

そこが性感帯の一つになり得るものであることすら、ジュリアは知らなかったのに……サイファスにそうされていると思うだけで、とんでもない羞恥と動揺と、そしてもっと触れてほしいと思う欲望に支配される。

今頃になって、ドレスや肌に染みたワインの匂いに酔ったような気がする。

けれど今ジュリアを本当に酔わせているのはワインなどではなく、目の前のこの危険すぎるほど強烈な色香を放つこの男だ。

答えられずに身を小さく竦めながら沈黙するジュリアの真っ赤に染まった頬に彼は笑い、そして再び口付けが唇に舞い戻ってきた。

口付けられる、と判っていたのに顔を背けず、ただ視線を彷徨わせるだけのジュリアは、そこに合意があっただろうと言われたら否定はできない。

ジュリアのむき出しになった手をぎゅっと握り締めて、サイファスは角度を変えて何度も口付ける。下唇を甘噛みし、深く、互いの舌と舌を擦り合わせながら。

「ふ……ん、は……んんっ……」

どういうわけか、口を塞がれていても鼻の奥から抜けるような甘い声が漏れる。

子犬や子猫がもっとしてほしいと、甘えて撫でられることをねだる時のように。

彼の身体を押し返そうとしても手を封じられてできないばかりか、そもそも力が入らない。それどころかまるで縋るように、逆に握り返していた。

そんなことを何度か繰り返すうちにジュリアは自ら口を開いて、彼の深すぎる口付けを受け入れるようになっていた。

「ん、んむ……あぁ」

舌を吸われるたび、口内を探られるたび、顎から首の後ろに向かって身震いするような刺激が駆け抜け、感じ入った声がこぼれ出る。

キス、という行為がこんな深い触れ合いをするだなんて知らなかった。身体の一部を繋げ合うという意味では、これも一つの性交ではないかと感じるくらい淫らで、はしたなくて、なのに恥ずかしいくらい興奮してしまう。

今までジュリアは、あえてこういった男女の行為については考えないようにしていた。いずれアーネストと結婚するものだと覚悟していたけれど、彼との夫婦生活は決して愛に溢れた恋愛物語のように幸せなものにはならないと判っていたから。

こういった行為も、跡継ぎを得るための義務であってそれ以上ではないと。

だけど……

「ジュリア……」

低く甘く名を呼ばれながら、初めて触れ合う異性の身体も唇も、義務という硬質な言葉を完全に払拭してしまう。そこにお互いに対する好意があるだけで、全く違った受け取り方になるのだと教えられて、体温がますます上がった。

舌の付け根からじわっと唾液が溢《あふ》れ出て、サイファスのそれと混じり合い、呑み込みきれなかった分が舐め取られ、また背筋が震えた。

(何を、しているの、私……こんなこと……)

言うまでもなく結婚前の令嬢がすることではない。

僅かに残っている理性がそう訴えるのに、身体は自然と彼の求めに応じてしまう。

「ん……ん……」

だって気持ち良いのだ。抱きしめられることも、温かな体温を感じることも、直接肌が触れ合う刺激も、舌を探り吸い合う行為も。

広い胸にすっぽりと抱え込まれると激しく胸が高鳴るのに、絶対的な安心感があって、ずっとこうしていたいと願ってしまう。

混乱したまま場の雰囲気に流されている感は否めないけれど、ジュリアは自分自身がこの行為の先を望んでいることを自覚していた。

長い口付けはどれほど続いただろう。

「んっ……あっ……きゃっ……あぁ……」

やっと唇を解かれ、代わりに首筋に吸い付かれて思わず声が出た。

続いて熱い溜息が漏れ出たのは、胸の片方を彼の手に包み込まれたからだ。

これまではウエストを細く見せるために胸の下部を潰して上部を盛り上げ、腰を締め上げるタイプの矯正下着が主流だった。

だが、ここ最近は不自然に盛り上げるより綺麗に胸の形を見せることが流行となっていて、それに合わせてコルセットも胸のふくらみの下から絞るタイプへと変わっている。

今ジュリアが身につけているものも後者のタイプで……つまり、いちいちコルセットを外さなくとも、乳房の柔らかさを堪能できるということだ。

この流行が女性以上に男性に好評だと聞いた時には、無理に矯正するより自然体の方が美しいということかと納得していたけれど、なんとなく今その理由が判った気がする。

そのままサイファスの手が襟ぐりから、ぐいっと生地を下着ごと押し下げた。

広くデコルテが開いたドレスから、ふるりと両胸がこぼれ落ちるように露《あら》わにされて、慌てて両手で隠そうとするけれどその腕の下にサイファスの手が潜り込んでくる方が早い。

「あっ、や、だめ……！」

絞るように胸を揉《も》まれ、かと思えばその頂きをぎゅっとつまみ上げられて感じる甘い疼《とう》痛《つう》に身もだえする。

かろうじて制止の声を上げたのは嫌だったからではない。このまま最後まで流されるように身を捧げてしまったら、ジュリアはただの身持ちの悪い娘になってしまう。

それでなくとも今自分は、まだ正式な婚約破棄を済ませていない身綺麗《みぎれい》とは言えない立場なのに。

「待って……」

「待てない。判っている、お前の許しがあるまでは最後まで抱くようなことはしない。だが、もう少し触れさせてくれ。これが夢ではないのだと、堪能したいんだ」

ジュリアの訴えにサイファスは笑った。美しい金色の瞳を細めるように。

相変わらず彼は獰猛な獣のようで、そんな危険な動物にゴロゴロと喉を鳴らされて甘えられているみたいで、内心気が気ではないのに、同時に強く惹きつけられる。

どうしてこの人はこんなに……。

「きれい……」

気がつくと、片手の指先でそっと彼の目元を押さえていた。

ジュリアの熱に浮かされたようなその一言にサイファスは一瞬驚いたようだったけれど、すぐにまた笑って彼女の手を取り、その手の平に唇を寄せる。

「我慢の足りない俺も俺だが、無自覚に煽《あお》るお前もお前だぞ？」

そんなつもりは本当になかった。でもそう言われると、確かに駄目なら駄目と強く拒絶できない自分も悪い。きっとジュリアが本気で抵抗したら、彼は止めてくれると判っているのに。

サイファスのキスは、こちらのそんな戸惑いを打ち消すように手の平から腕、肩、鎖骨、胸元へ移動して、心臓に最も近い左の乳房の内側に鬱血の花を残していく。

「あっ……あ、あぁ……」

そのたびに、ジュリアはビクビクと震えた。

着替えの時、あるいは入浴の時、侍女の手が肌に触れる時には特にどうとも思わなかったのに、サイファスに触れられるところ全てが気持ち良くてたまらない。

駄目だと判っているのに、もっと触れてほしいなんて、どれほど浅ましいのだろう。

ドレスを無理に押し下げて、両胸を露わにするひどい格好をしているのに。彼の視線に晒されることさえ、どこか倒錯的な甘い快感を覚えて、そんな自分にびっくりする。

「綺麗なのはお前の方だ」

彼の言葉がとても近くで聞こえている。とろりと蕩けた眼差しで見上げるジュリアの目前で、彼の喉がゴクリと動いたのが判った。

まるで飢えた獣が目の前にごちそうを差し出されているのに、すぐに食らいつくことを我慢しているようだな、と思う。

どうやらその例えは広い意味で正しかったらしい。と言うのもこの直後、サイファスは文字通りその口を大きく開き、ジュリアに食らいついてきたからだ。

弄《いじ》られて、ふっくらと立ち上がりかけた片胸の先にしゃぶりつくように。

「ひ、あっ、んっく……！」

ねっとりと熱い舌に敏感な果実を舐《ねぶ》られて肩が跳ねた。

経験したことのない、頭を掻きむしりたくなるような強いこの刺激もまた、快感だと身体が理解するのにそう長い時間は必要としない。

もう片方の胸もまるでパン生地を捏《こ》ねるように手の平全部を使って鷲摑《わしづか》みにされ、充血しだした先端が指と指の間で扱かれる。

じゅっ、と肌を吸い立てる淫らな音と、唾液がぐぐもる音にジュリアのか細い喘《あえ》ぎが混じった。

不慣れな刺激は強くされると痛いくらいなのに、どうしてこんなに気持ち良いと思うのだろう。

触れられているのは胸から上までなのに、いつの間にか腹の奥に小さな炎が燻《くすぶ》って両足の奥を潤ませる。口に出して言えない場所が疼《うず》いて自然と腰が揺れる。

まるで何か咀嚼《そしゃく》する存在を求めて涎《よだれ》を垂らすみたいなむき出しの欲望が自分の中にも存在しているのだと、ジュリアはこの時初めてその事実を認めた。

「お前は案外着痩せするタイプなんだな。こんな立派なものをどうやって今まで目立たぬように隠していた？」

「し、しらな……っ、あ、んんっ」

ジュリアの胸はサイファスの手の平に綺麗に収まる。

大きな彼の手にちょうど良いのだから、多分それなりにある方なのだとは思う。

だけど今までそれを気にしたことは殆どない。

女としての魅力を求められたことがないからだ。

でも今、サイファスはジュリアを女として求めてくれる。

それが嬉しいと思ってしまう。彼の言葉、仕草、行為のその全てがジュリアの傷ついた女の自尊心を癒やし、そして高めて行くようだった。

「きゃっ！」

小さな悲鳴を上げたのは、胸への愛撫に恍惚《こうこつ》としていたその隙を突くようにドレスのスカートの下へと手を差し込まれたからだ。

逞しい彼の腕はジュリアの僅かな抵抗などものともせずに内側のスカートを膨らませていたパニエの紐《ひも》を解き引き抜くと、そのまま彼女の片足を掬《すく》って、ぐいっと半ば強引に持ち上げてしまう。

スカートは特にワインや果実酒が染みこんだ場所で、もはや元の色も判らないほどにまだらに染まってまだ湿っている。

生地をたくし上げられると、そこに籠もった酒の匂いがふわっと広がってジュリアの鼻孔を刺激し、くらっとしためまいに襲われた。

だが暢気《のんき》に酔っている場合ではないと狼狽えたのは、サイファスが持ち上げた片足ともう片方の足の間……つまりはもっとも隠さねばならない場所へと、その手が忍び入ってきたからだ。

「さ、サイファス……！」

狼狽えた声を上げて彼の手を止めようとしたけれど、駄目だった。

のし掛かる彼の身体の下では満足に動けないばかりか、たっぷりとした生地を抑えられて自由が利かない。

今夜のように一度着てしまうと脱ぐために手間のかかるドレスの時は、手洗いの際に脱ぎ着をしなくても良いようにドロワーズの股の部分は縫い合わされていない場合が多い。

今夜のジュリアもそうで、つまりドレスの内側を暴かれて足を開かれてしまうと、その奥が露わになってしまうのだ。

案の定、彼の指は容易《たやす》くその場所に触れると、既に熟した果実のように蜜をしたたらせている有様に低く笑った。

「ここも充分に濡れているな……そそる甘い匂いがする」

「……っ、やだぁ……」

ジュリア自身、そこがどうなっているかなんて薄々判っている。

まるで粗相をしたみたいに濡れ、ほころび掛けて、動くたびにぬるつく感覚がするのだ。

女が男を受け入れる際に自然と身体がそうなるのだ、とは花嫁修業の際に教えられてはいたが、いざそれを実感すると自分がとんでもなくふしだらな娘になったような気がして、これまで以上に強烈に頭を殴られるような羞恥で涙ぐむ。

「泣くなジュリア。俺は、お前が素直に感じてくれていることが嬉しい」

「……そんな……」

「それに身体が反応しているのはお前だけだと思うなよ。俺だって今、大変な状況になっている。どう収まりを付けたら良いかと思うくらいに」

そう言われて、ジュリアの視線が恐る恐る彼へと向いた。

確かに今のサイファスは情欲にギラついた瞳をしていて、その表情も声も甘く、危険だ。でも多分彼が言っているのはもっと別のことで……視線を下へ向けようとして、慌てて目を反らす。

ドレスの生地に隠れて見えなかったが、ジュリアの視線を受けて彼がニヤリと口の端を吊り上げながら、自身のその場所を緩めたのが仕草で判ったからだ。

そのおかげでジュリアは羞恥以上に狼狽えた。

先ほどは自分の許しがなければ抱かないと言ったのに、その言葉を反故《ほご》にされるのかと思ったのだ。

「心配するな、約束は守る。……だが俺もこのままでは収まりが付かない。少し協力してもらうぞ」

「協力って……あっ……！」

ぬくり、と粘つく感触を伴って秘部をサイファスの指が撫でた。

彼の太く、硬い指先が溢れ出ている蜜をたっぷりと絡めながら、ジュリアの繊細な陰唇をなぞり、隠れた陰核を探り当てる。

触れ方は優しいのに、容赦なく、これまで誰にも触れられたことのない場所を暴かれて、ゆっくりと撫でさすられると強烈な快楽に腰が震えた。

「あっ、あ、んん……っ！」

くちゅくちゅといやらしい音がする。頭が焼かれそうな強烈な羞恥を覚えながらも、びくびくと身体が揺れ、もっとも深い場所が何かを求めるようにうねり出すのを止められない。

ただ触れられているだけ、ただなぞられているだけ。

それなのにどうしてこんなに気持ち良いのだろう。特に彼の指で秘裂の上部にある粒のような場所を転がすように触れられると、たまらなかった。

強い刺激に咄嗟に腰が引けそうになるくらいなのに、同時に鋭くびりびりとするような痛みと紙一重の快感が神経を焼いて、一気に腰の奥に宿っていた官能の炎を膨らませていくようだ。

奥歯を嚙《か》みしめながらぶるぶると身を強ばらせていると、ソファの上、彼女の身体を背後から抱えるように姿勢を変えたサイファスが、愛撫を続けながら耳朶に口付けてくる。

「良いから抗うな。その方が楽になれる」

ただでさえ慣れない刺激の連続でいっぱいいっぱいなのに、耳の後ろから直接息を吹き込むように囁かれると、その声さえ強い愉悦に変わってジュリアを翻弄する。

「サイファス、わた、私、何か、おかしい……！」

救いを求めるように後ろから腹に回された彼の手に手を重ねた。

「大丈夫だ、何もおかしくはない」

そう言いながら彼はもう片方の手で、ぐちゅぐちゅとジュリアの敏感な場所を刺激し続ける。かと思えば、腹へ回されていた方の手がジュリアの手を振り切るように胸へと上がって、むき出しのまま揺れる乳房を再び揉みしだく。その中央で痛々しいくらい充血して尖《とが》った乳首もつまみ、扱きながら。

「あっっ……！」

声にならないか細い声をあげて、ジュリアはサイファスの腕の中で初めての絶頂を迎えた。全身が硬直したように強ばっているのに、腰は大きく幾度も跳ね上がって、身体の芯からガクガクと震えるように身もだえしてしまう。

その震えが止まるまで、どれほどの時間がかかっただろう。

全身に滲んだ汗が互いの身体に残る衣服やソファを濡らして染みを作っている。

呼吸が荒く、鼓動も速い。自分の身体が自分のものではなくなってしまったような感覚に、未《いま》だ燻るような小さな疼きを覚えながら、どうにか身体を起こそうとした時だ。

「えっ……」

どこか呆然とした声が漏れたのは、ジュリアが身を起こすよりも早くに正面を向かされ、上からのし掛かるように、力の抜けていた両足を固く合わて揃《そろ》えた格好で持ち上げられたからだ。

その僅かな隙間に熱く固く、ぬるりとぬめる何かが差し込まれる。

腰回りで纏《まと》わり付くスカートの生地に隠れて見えなかったけれど、それが何かを想像するのは容易い。

「……あ、あの……サイファス……？」

「しっかり足を閉じていてくれ。緩めると、間違えて入ってしまうかもしれん」

何を、とは問えなかった。

それよりも早くに熱に浮かされたような蕩けた眼差しの彼が、ゆっくりと身を揺らし始めたから。

「ひ、あっ！　あ、あ、あぁっ⁉」

繊細な場所に熱く硬いモノが肉襞を巻き込みながら上下に擦られる。

直接触れ合う粘膜越しに、どくどくとその脈動が伝わって、激しい疼きと共に腰の奥がざわめく感覚に身をのけぞらせた。

気持ち良い。羞恥を上回る快感に声が甘く蕩けて、断続的な喘ぎになる。

「は……ジュリア……」

彼の声も甘い。そのまま耳から忍び込んだ彼の声に、内側から溶かされてしまうように。

「ジュリア、好きだ」

その言葉を今夜だけで何度聞いただろう。

後で冷静になって考えれば、やっぱり告白してからの展開が恐ろしく早く、彼の行いはとても紳士的な手順を守ったものとは言いがたい。

けれど……それをひどいと怒る気にはなれなかった。

だって彼はそうすることで様々なことを教えてくれたから。

「あっ、あ、あぁ……っ……！」

快楽と、愛情と、そして愛されることへの喜び。

「……好き……サイファス……あなたが大好き……」

「俺もだ」

素直に告げた好意を、同じかそれ以上の気持ちで返してもらえる感動は、もしかしたら身体に与えられるどんな愉悦より大きなものであったかもしれない。

ジュリアの下腹部に熱い飛沫《しぶき》が散る。

それと同時に再び昇り詰めた彼女は、愛《いと》しい男の身体に懸命に両手を回し縋《すが》り付《つ》きながら、甘い嬌声《きょうせい》を上げた。

そしてそのまま二人は抱き合ったまま、身動きすることなくしばらくの時を過ごしたのだった。


まだ抱くつもりはない、と宣言したその言葉の通りサイファスは身を繋げることまではしなかった。

しかし、極めてそれに近い行為であったことは間違いなく、たとえ純潔を散らされたとしても、ジュリアは受け入れてしまっただろう。

駄目だと判っていても抗えないことがあることを、嫌と言うほど思い知った気分だ。

その後、サイファスの宮で身なりを整えて、彼と共にシェーンリッチ伯爵家へと到着した。ちなみに用意してくれたドレスは彼の亡くなった実母のものだそうだ。

「あいにくすぐに用意できるドレスがこれしかなくてな。今となっては古い型だろうが、許してくれ」

そう彼は言ったが、淡いクリーム色のアンダードレスに薄いオレンジ色の小花模様のレース生地を重ね合わせたドレスは、今夜ジュリアが身に纏っていたドレスと雰囲気が似ていてとても上品なものだ。

確かにドレスの型は少しクラシカルかもしれないが、違和感は全くない。

そんな大切なドレスを借りても良いのかと、逆にそちらの方に恐縮したくらいだ。

一方で突然ジュリアが第二皇子に連れられて真夜中に帰宅した時には、シェーンリッチ伯爵家は騒ぎになっていた。

無理もない、あの場には多くの貴族がいた。

両親たちはその現場を直接目撃してはいなかったようだが、簡単な事情説明とサイファスが後でジュリアを屋敷へ送り届けるので心配するな、といった内容の伝言はレガートがしてくれていたらしい。

そのため家の者は皆、ジュリアの戻りを寝ずに待っていてくれたのだ。

結果的にサイファスとジュリア、そしてジュリアの両親であるシェーンリッチ伯爵夫妻は、伯爵邸の深夜の応接室にて顔を合わせることとなったのである。

「本来なら保護した後はすぐにこちらに送り届けるべきだが、彼女とも話を合わせる時間が必要だった。ご令嬢の帰宅がこのような時間になってしまったことを謝罪する」

そう言ってサイファスは父に謝罪し、父はその謝罪を受け入れたがジュリアとしては内心ヒヤヒヤである。正直に言って、ただ話をするだけならばもっと早い時間に帰宅できたのだ。

そうならなかったのは……いまさら言うまでもない。

父の隣に座る継母と目が合う。とたん意味深ににっこりと微笑まれ、父はともかく継母には全て悟られているような居心地の悪さに、冷たい汗が滲んだ。

一方で父とサイファスの会話は続いていた。

「日頃からアーネスト殿の振る舞いは目に余るとは思っていましたが、とうとう越えてはならない一線を越えてしまいましたな。……殿下には娘をお救いいただき深く感謝いたします。ですが……」

サイファスとジュリアから詳しい事情を聞かされたシェーンリッチ伯爵は理解したように頷き、それからいささか躊躇いがちに声を落とした。

「無礼を承知でお尋ねいたします。娘を妃にとのお話は、本心からのお言葉でしょうか？」

父がそう言わざるを得ない事情は判る。何しろ急な話で何も整っていないし、心配事もある。

特にサイファスが皇后リキアから疎まれていることを知らない貴族はいない。

以前にジュリアも心配したように、無策のまま皇后に睨まれてはシェーンリッチ伯爵家程度の家は簡単に潰されてしまう。

助けてくれて感謝していると言いながら、それきり言葉を濁した父に答えたのはサイファスだった。

「伯爵の心配はもっともだ。正直なところ、全く影響がないとは言いきれない」

父の表情が曇る。同じようにジュリアの顔も強ばる。

「だが、その件については俺に任せてもらえないだろうか。まずは早急に陛下から結婚の許可をいただく。陛下がお認めになった結婚ならば、皇后も表立って非難することも冷遇することもできないだろう」

彼の言葉は続く。

「皇后との問題も、俺自身、このまま放置するつもりはない。皇后陛下にはご理解いただけるよう努めるつもりだ」

「そのお言葉を信じてよろしいのですか?」

「お父様。そのような仰りようは……」

サイファスの言葉にどこか疑いを残すような父の発言にジュリアは咎めるような視線を向けたが、それを止めたのはサイファスだ。

「構わん。それでお前が少しでも安心して嫁いでこられるなら」

フッと柔らかな笑みを返されて、頬に再び熱が昇る。

見事な金色の瞳が、まるでジュリアのことを可愛くて仕方ないとでも言っているかのようで、そんな免疫がなくてどう反応していいか判らない。

頬から首筋までを真っ赤に染め上げながら、オロオロと視線を彷徨わせる娘の様子に父は苦笑交じりに答えた。

「……承知しました。殿下のお言葉を信じます。問題が起こった場合はその都度ご相談させていただいても？」

「もちろんそうしてほしい」

「ですが、本当によろしいのですか？　控えめに申しましても、我が家は伯爵位の中でも、中の中程度の家格です。殿下のお役に立てることは殆どないでしょう」

その言葉にもサイファスは問題ない、とあっさり肯いた。

「俺は元々権力バランスに影響を与えるような家の娘をもらうつもりはなかった」

下手に力のある家の娘をもらって、帝位継承権に影響を与えるようなことになればそれこそ皇后が黙っていない。

またサイファス自身、そのような争い事に担ぎ出されたくはないと言い切る。

「こう言うと失礼だが、シェーンリッチ伯爵家は脅威になるほどではなく、かといって皇子妃の実家として家格が低すぎることもない。そして俺は望んだ令嬢を妻にすることができる。そういう意味でも理想だと思っている」

「そうですか。……そこまでお考えいただいているのであれば、我が家からは異論ございません」

サイファスの返答に納得したのか、父はようやく安堵の吐息をつき、そして胸の内を吐露するように呟いた。

「……ここから先は独り言ですが、結果的に婚約破棄となって安堵しています」

父の告白に、サイファスも僅かに眉を顰《ひそ》める。

「伯爵はドレイク家の息子がジュリアを虐げていることはもちろん知っていたのだろう。それにもかかわらず今まで婚約を解消できなかった理由はなんだ？」

解消しなかった、ではなく、できなかったと言葉を選んでくれたサイファスの細やかな気遣いに、ジュリアの鼓動が一つ甘く高鳴る。

本当に些細《ささい》な言葉選びだが、意味が全く違ってくる。

「この縁談は、ドレイク家から……正確にはその上のエヴァンス侯爵家からの口利きなのです。侯爵は我が伯爵家と言うよりも、ロレイシー伯爵家との縁を自身の派閥に取り込みたかったのでしょう。ジュリアの実母はロレイシー伯爵の一人娘ですから」

「ロレイシー卿《きょう》か。今は引退しているが、かつて長く式部長官を任されていた知識人だな。確か伯爵家には跡取りが不在だったか」

「仰るとおりです。妻の他に息子が一人おりましたが、若くして事故で亡くなっています」

「現時点で直系の血を引く者はジュリア一人。彼女を娶《めと》ることで将来的にロレイシー伯爵家も手に入るという算段での婚約か」

その通りだ。ロレイシー伯爵家の娘であった母もジュリアが幼い頃に亡くなっている。ジュリアには弟がいるが、その子は父の再婚相手、つまり現在の継母との間にできた子でロレイシー伯爵家の血は継いでいない。

同じ伯爵家といえどもロレイシーは古くから続く名家の一つ。

その名家をジュリアと結婚するだけで手に入れられるのだ。

ドレイク伯爵家やエヴァンス侯爵家の下心は明らかだったが、判っていても格下のシェーンリッチ伯爵家から断ることはできなかったのである。

「その婚約を、あちらの方から反故にしてくれたのです。たとえそれが状況を理解していない息子の独断暴走であったとしても、あちらからの破棄。いっそ大勢の証人の前で宣言してくれて助かりました。ようやく今夜からは枕を高くして寝ることができそうです」

「そうか。ならば未来の義父がより良い眠りを得られるよう、俺も努力しよう」

安堵したように、ようやく父は笑った。

その目尻の皺の深さが、愛想笑いではないことを教えている。

「ドレイク家との婚約破棄の手続きは明日にでも進めます。その際、より手続きを速やかに済ませるためにも殿下の御名をお借りすることをお許しいただけますか」

「むしろ明日は俺も同行しよう。あちらに考える時間を与える必要もないからな」

「ありがとうございます。どうぞ娘をよろしくお願いいたします」

この時の会話の通り、その翌日にはジュリアと父、そしてサイファスの三人でドレイク家を訪れ、アーネストとの婚約は正式に破棄された。

最初ドレイク家はアーネストの独断だと撤回する姿勢を見せたが、ジュリアへサイファスが求婚したこと、また宣言の場には多くの証人がいたことが決定的な要因となった。

それでもドレイク伯爵は不満だったらしい。

「それにしても、第二皇子殿下ともあろうお方が貴族家の婚約者に横恋慕なさるとは……」

まるで以前からサイファスとジュリアが浮気していたのではと言わんばかりだ。

「あいにくだがそちらの子息が婚約破棄を宣言するその瞬間まで、不適切な関係を持ったことはない。それに勘違いしてもらっては困る。先に問題発言をしたのはどちらだ？」

サイファスの冷静な返答にドレイク伯爵はぐっと言葉を詰まらせたし、ジュリアの父は静かに肯いた。

しかしジュリアは別の意味で内心動揺を表に出さないようにするのに必死だった。

確かにサイファスとアーネストが婚約破棄を宣言するまで、不適切な関係はなかった。

でもその直後皇子宮へ連れ込んだ後の彼の手の早さはびっくりするくらいである。

結果的にはジュリアもそれを受け入れたので、彼だけの責任だと言うつもりはないけれど。

なにはともあれ無事に婚約破棄の合意に至ったわけだが、一方で、サイファスとの再婚約までは少し間を空けることになった。

婚約破棄した直後ではさすがに外聞が悪すぎると、皇帝が難色を示したのだ。

「心配するな。陛下が問題としたのは婚約のタイミングであって、結婚そのものに対しては内々に許可が下りている。陛下はロレイシー伯爵が現役だった頃にはかなり世話になったらしく、その名を出すと二つ返事だった。お前の祖父は随分信頼されているらしい」

「そうですか……お祖父様のおかげですね。感謝しなくては」

これによりジュリアはサイファスの公然とした婚約者候補として人々に認識されることとなったのである。

……と、ここまでの流れは大変に速かった。それこそ流れるようにこの状況にまで持ってこられたのだ。

が。そう、だがしかし、である。

「……改めて考えてみると、やっぱり色々変化が急すぎるというか。なんだか自分が夢を見ているような気がするのだけど」

晴れて皇帝から許可をもらってきたとサイファスが報告するためにシェーンリッチ伯爵家にやってきたのは、婚約破棄が成立した三日後のことだ。

その時間はジュリアが冷静に考えるよう努めた時間と同じ長さでもある。

彼と二人、サロンで向かい合わせに座った後、唸《うな》るように押し出したジュリアのその言葉にサイファスは軽く目を細めて笑った。

蠱惑的な、色気を惜しみなくダダ漏れさせる笑みで。

「夢にされては困るな。折角の俺の努力が水の泡になってしまう」

「……そ、それは……でも」

「何がでも、なんだ？　不安になることがあるのなら言葉にして伝えてくれ」

穏やかに言い聞かせるようなその低い声に、じわじわと頬が熱くなる感覚を自覚しながらジュリアは俯きがちに答える。

「……だ、だって……やっぱりおかしいもの。あなたがその気になれば、もっと綺麗で、賢くて、素敵な女性を伴侶にできる。それなのに、何を好き好んで私なんか……」

告白してもらえた時は嬉しかった。

求婚も、口付けも、それ以上を求める彼の生々しい欲望を感じた時も、羞恥と戸惑いで混乱はしていたけれど嫌ではなかったし、むしろ嬉しいと本当にそう思った。

だけど、やっぱりジュリアは自分に自信がない。

だってずっとアーネストに否定され続けてきたのだ。

舞い上がっている時はともかく、少し冷静になると強烈な疑問と不安が襲ってくる。

（サイファスにも同じように否定されたらどうしよう）

臆病になっている、と言われたらその通りだ。

もっと素直にその言葉を信じたいのに、同時に怖くてたまらなくなる。

信じて、自惚れて、溺れて、その結果アーネストと同じことを言われたら、と。

彼がおもむろにソファから立ち上がったのはその時である。

僅かな衣擦《きぬず》れの音に、ビクッとジュリアの肩が大きく跳ね上がる。

まるで我が身をかばうように身を竦めた彼女が、ハッと目を見開いたのは、おもむろに震えていた手を取られた時だった。

気がつくとサイファスが自分の傍らに跪《ひざまず》いていた。

まるで物語の中の、姫君に対して跪き愛を乞う騎士のように。

「いいか、ジュリア。前にも言ったが、お前は『なんか』という言葉が似合う女ではない。自分で自分の価値を低く決めつけるな。自分が信じられないというのなら、俺を信じろ」

大きく硬い手が温かい。その手をよく見ると、指にも甲にも傷跡が幾つもある。

薄くなった細い傷から、抉《えぐ》られたような深い傷跡まで、きっと見えないだけで、その衣服の下にも彼が生きてきた人生の分だけ、たくさんの傷があるのだろう。

「お前自身が己を卑下しては、そのお前に惚れた俺はどうなる？　俺を見る目のない愚かな男にしたいというのなら話は別だが」

「そ、そんなわけ……」

「なら、『自分なんか』という発言は封じろ。言葉には力が宿る。悪い言葉はそのまま悪い力でお前を縛り、心も身体も脆《もろ》くする。俺の言っていることが判るな?」

彼の手に、すっぽりと包み込まれた自分の手はあまりにも小さい。でもそれを心許《こころもと》なく思うより、それくらい簡単に包み込んでしまうサイファスを頼もしいと感じる。

「最初は建前でも良い。悪い言葉と同じように、良い言葉も力を持つ。自分を肯定してやれ、ジュリア。お前は努力家で気立ての良い、俺にとっては誰より可愛い女だ」

彼自身、辛い時にはこんなふうに己を鼓舞してきたのだろうか。

じわっ、と首筋から頬に掛けて再び熱くなる。きっとこの熱は彼の側にいる限り、この先何度も味わうのだろうと思いながら、ぎこちなく肯いた。

この時サイファスが見せた笑みはただ魅了するだけではない、どこか十代の少年のような純真さが含まれている気がする。

(ずるいわ。そんな顔……ただでさえ、目を合わせるのも戸惑うくらい魅力的なのに……)

この人はいつも容赦なくジュリアの心臓を止めに来る。

強くて、逞しくて、冷遇されても折れず、自分に足りないところがあれば学び、他者に教えを乞い、頼ることもできる。

容赦のないところも極端なところもあるけれど、相手の心を理解しようと寄り添う優しさもあるこんな人に愛を告げられて、堕《お》ちない女なんているのだろうか。

危険で、甘くて、怖い男だと思った。この先、多分逃げられないし、逃がしてもくれないだろう。

ジュリアにできることはきっと全てを差し出して、溺れてしまうことだけなのではないか……そんな気がする。

「……あなたの言葉に従うと、自分がすごく駄目な人間になりそう。それに、あなたは容易く人を駄目にする人だと思うわ。……その、男女的な意味で……」

具体的に説明することはできず、もごもごと言葉を濁した。

でも抽象的な言葉でも、真っ赤に染まったその顔を見られれば想像はつくようで、再び彼は満足そうに、そして獰猛な笑みで。

「ああ、それは良いな。いっそお前がどこまで駄目な女になるか試してみるのも悪くない。そのためにもまず、婚約者として親睦を深めようか？　俺たちはまだ交わす言葉も、触れ合いも全く足りていない気がする」

「こ、言葉はともかく、ふ、触れ合いは充分でしょう？　というか、その……婚前に過剰な触れ合いは、良くないわ。節度ある交際を……きゃあっ⁉」

気がつけば身体が浮いていた。

何、と自分の状況を理解する頃にはもう、ジュリアの身体は軽々とその腕に抱え上げられて、彼の顔を間近で覗《のぞ》き込む姿勢にさせられている。

目を白黒させるジュリアを抱えたままサイファスは先ほどまで自身が座っていたソファに改めて座り直すと、その膝の上にジュリアを降ろした。

いわゆるお膝抱っこというやつである。

カチン、と借りてきた子猫のように身動き一つ取れずに固まる彼女の反応を楽しむようにサイファスの唇が頬に触れてきた。

「ひゃっ……！」

「欲を言うなら、もう少し色気のある声を上げてほしいものだが……まあいい、開発のしがいがある」

何やらひどく不届きかつ、不穏な言葉が聞こえた気がする。

絶対に気のせいじゃないけれど、できれば気のせいにしたい。

それなのに、このサロンに他に人がいないことを良いことに、サイファスの不埒《ふらち》な仕草も発言も止まることはなかった。

「ジュリア。既に判っているだろうが、俺は皇子として上品に育ってはいない。うかうかしていると奪い取られる経験ばかりしてきているからな、後悔しないためにも好きな物は先に食べるタイプだ」

「やっ……」

低い声が耳朶に触れる。

それと同時にジュリアの腰を抱えていたはずのサイファスの手が腹へと滑り、徐々に上に上がってくる……まるでドレスの下の女の身体を探るように。

「自分のものを他の誰かに横取りされるのも大嫌いだ。一度俺の懐に入ったら最後、節度ある交際なんて期待するな。今はまだ、初心なお前に合わせて大人しくしてやっているだけだ」

これで⁉

と咄嗟に上げそうになった声を呑み込んだ。

這《は》い上がった手が胸の片方を包み込む。一般的な紳士としての概念からは大きく外れる行為に怒っても良いはずなのに、全く怒る余裕がない。

「あっ……駄目……」

「駄目というわりには声が甘くなってきたな。……覚えが良くて何よりだ。上を向け」

包まれた胸の形を確かめるように擦りながら告げるその言葉に、ぎこちなく顔を上げれば、まるで待ち構えていたかのように口付けられる。

反射的に固く引き結んだ唇を、まるでからかうようにその表面をぞろりと舐め上げられて、びく、びくと手も肩も足も小刻みに跳ねた。

僅かな抵抗はすぐに終わりを迎え、かすかな吐息を吐き出すように綻んだ合間から熱い舌が割り入ってくる……口内の全てを、そして喉の奥までも暴くように。

自ら舌を差し出すように躾《しつ》けられるのに、そう長い時間は必要としない。

「女に自信を持たせてやるのは男の役目だ。あんな男の記憶などすぐに忘れさせてやる」

ジュリアの舌に吸い付き、軽く歯を立てながら、深すぎる口付けの合間に彼は言う。

その言葉を今のジュリアは正しく理解することなんてできない。

当たり前だ。頭に熱が上って、ぼうっとして、思考が定まらない。

こんな状況でどんなまともなことを考えられるというのだろう。

心臓の音が激しすぎて、今にも止まってしまいそう。

……思えば、いくら将来を約束したとはいえ未婚の男女を個室で二人きりにする、なんてルールに違反している。

特に娘側の家は万が一にも間違いが起こらないようにと、その手のことには神経を配るはずで、なのになぜ我が家の使用人たちは容易くサイファスと二人きりにしたのだろう。

疑問が浮かんだのは散々唇を奪われ、服の上からとはいえ身体に触れられ、のぼせ上がって倒れそうになる寸前でやっと解放されて、帰城する彼を見送った後のことだ。

結論から言えばやっぱり流された自分が悪いのだが、その隙を与えた家の者にも多少なりとも責任があるのではないだろうか？

じとっと恨みがましい視線を向けられて、早々に種明かしをしたのはジュリアの専属侍女、ルーシーだった。

「そのぅ、殿下の視線の圧がすごくて……お嬢様はお気づきではないご様子でしたが、邪魔をせずに出ていけ、というオーラのようなものがですね……」

「そんな理由⁉」

「もちろんお嬢様がお嫌でしたら、圧がすごくても、たとえ斬られようとも決死の覚悟でおそばを離れたりはしません。ただその……お嫌では、ないですよね？」

うぐっと言葉に詰まる。

困ってはいる。だが……確かに、嫌だとは思っていない。

「それにこれまでの様子からお嬢様を弄《もてあそ》んで無責任に放り出す方ではない、と思いますので……奥様からも、お二人の邪魔をせずに静かに見守るようにと言われております」

それはそれでどうなのだろう。

だが、サイファスが深夜に訪れた時から継母は二人の間に何があったのかを理解している様子だった。父からしても、サイファスの気が変わって二度の婚約破棄とならないように、今のうちにしっかり捕まえておいてほしいとでも考えていそうな気がする。

そこまで考えて、ジュリアは心に誓った。

（絶対、婚前交渉にならないように貞操は死守しよう。私だって貴族令嬢としての矜持《きょうじ》はあるのよ！　流されてばかりは駄目に決まっている）

ぐっと拳を作った手に力を込める。

が、すぐに頭にこんな思いがよぎる。

(……でもサイファスが本気で迫ってきたら、私、抵抗できる……?)

あの獰猛な色気に本気を出されたら、ジュリアの矜持などあってないようなものだ。

そしてサイファスはそんな決意を見抜いているのか否か、のんびりと彼女のガードが固まるまで待ってはくれなかったのである。


「ではジュリア。婚礼で招かれた立場で主催者の好みと慣例とが相反する場合、どのように振る舞うことが適当だと考える? 作法とは相手に対する敬意を行動で示すものと学んだが、参列者が敬意を表す相手として優先すべきは主催者自身か、あるいはその他大勢に対してかで解釈が変わるな?」

「その場合、式典の規模にもよるけれど、基本は慣例を守る方が無難でしょう。主催者の方へは事前に気遣いのお手紙や贈り物などをお渡しして、理解を求める形が無難だと思うわ」

「だがそうすると、その当人たちは自身の望む式は挙げられないことになる。それは当人のためになるのか?」

「もちろん婚礼は当人同士の気持ちが大事よ。だけど結婚は家と家の結びつきが重要視される傾向が強いから、仮にここで当人の希望を優先して慣例を破ることになると、結局後々苦労するのは当人同士になる。いずれ慣例などよりも本人の希望が優先される時代が来るでしょうけれど、今はまだ少し早いと思うの」

「俺としては慣例なんぞどうでも良いと思うがな」

「本音と建て前というのがあるのよ。一応表向きは慣例に従って堅苦しい挙式になったとしても、別の日に親しい人たちだけを集めて無礼講で祝ってもらうのも、そう悪いことではないと思うわ。…………ところで、サイファス？」

「うん？」

「さっきから、この姿勢はどうかと思うの……！」

真面目くさった声と表情で必死に会話に応じていたが、もう限界である。

何しろサイファスは式典作法の講義中だというのに、ぴったりと横並びに座ったかと思ったらジュリアの腰にがっしりと片手を回しているのだ。

彼の不埒な手はさっきからジュリアの身体に触り放題だ。

一応は必死に冷静を装っていたが、腹だったり胸だったりをさわさわと撫でられ、頬が触れ合いそうなくらいの距離で囁かれた挙げ句に、首筋の肌に吸い付いてキスマークすら残されるのである。

いかがわしいことこの上ない。

おかげでジュリアは首元まで詰まったドレスを手放せなくなっている。

その間中落ち着かないし、鼓動は速いし、息は乱れるし、触られるところや加減によってはおかしな声が出そうになるしで、一言で言って大変心臓に悪い！

「大体、もう一通りの基本的なことは頭に入っているでしょう？　足りないところを補填《ほてん》すれば良いだけで、毎週時間を取る必要はないはずよ！」

今二人がいるのはシェーンリッチ伯爵邸の図書室だ。今ではもう二人の関係を隠す必要がなくなったことで、サイファス自ら屋敷へと足を運んでくるようになった。

最初に講義を始めてみて判ったことだが、サイファスは非常に飲み込みが早い。

式典作法に苦労していたのも正しい教えを施してくれる人がいなかったためであって、一度正しい情報と出会うことができれば彼は水が砂に染みこむがごとく我が物とし、応用にも長《た》けている。

専門家の式部官ほどとまではさすがに言わないが、少なくとももう簡単なミスで恥を掻くことはないに違いない。

以前は真面目な生徒だったのに、思いを通わせ合った途端に不真面目以上に不届きな生徒になるのはいかがなものだろう、と抗議を込めて隣の彼を睨んだのだが。

「お前は賢いが、男心には疎いな？　好きな女と少しでも共にいたい、触れ合いたいと願

うのは自然の摂理だ」

サイファスはフッと笑うと、おもむろに顔を寄せて、ジュリアの唇を塞いでしまった。

そのキスは深く、そして甘い。簡単にジュリアを陶酔させてしまうくらいに。

「んっ……ふ……」

サイファスの方こそが抗議するように告げたのは、存分に唇や口内を貪られた後のことだ。彼の指が、トン、とジュリアの胴を弾くように叩く。

「この際だから俺からも言わせてもらうが、一緒にいる時にこんなコルセットを着けてくるな、触り甲斐《がい》に欠ける。以前はこうじゃなかっただろう?」

確かに以前はもう少し短い、胸の下から腰までを絞るタイプのコルセットを着けていた。

だが今は胸まで覆うロングタイプのコルセットにしている……なぜならば。

「こ、こうなるのが判っているのに無防備でいられるわけがないじゃない……!」

「なるほど、我が婚約者殿は強引に剝《は》ぎ取《と》られるのがお好みらしい。それはそれで大胆で興奮するな。手荒に引き裂かれるのと、焦らしながら解かれるのとどちらが良い?」

「どちらも駄目です!」

彼の求愛を受け入れて以来、ずっとこんな調子である。

どうやらサイファスはジュリアが考えるより本能に忠実……もとい、己の欲望に素直……否、色事に積極的な質らしい。

彼の漂わせる色気を思えばさもありなんと、奇妙な説得力に肯いてしまいそうになるが、悲しいかなこちらは常識的な令嬢教育を受けた嫁入り前の乙女であるから、彼の積極的すぎるアプローチに都度狼狽えさせられてばかりいる。

一応、きちんとジュリアは彼に告げたのだ。

「私は、結婚するまでは深い関係になるのは駄目だと思うの」

と。だがそれに対してサイファスはこう言った。

「どうしてだ？　好きな女を抱きたいと思うことの何が悪い？」

好きな女だとか、抱きたいだとか、表現がストレートすぎて、思わず「んんっ」と奇妙な咳払《せきばら》いを漏らしたジュリアだが、それでも頑張った。

「世間一般的には、婚前に関係を持つのは不適切だと言われているのは知っているでしょう。もし世間に知られたら私が身持ちの悪い娘だと後ろ指を指されるわ」

「お前は俺にいつどんなふうに抱かれた、と周囲に吹聴《ふいちょう》して回る趣味があるのか？　斬新だな。そういう好みがあるなら合わせるのもやぶさかではないが」

「そんなわけないでしょう⁉　合わせていただかなくて結構です！」

「ならどうして他者に知られる？　黙っていれば良いだろう」

「そ、それはその……ええと……そ、そう。もし婚前に身籠もるなんてことがあったら」

「そうなれば結婚を前倒しにすればいい。結婚するつもりも責任をとるつもりもないならば男の人生を終了させるくらいの仕置きが必要だが、俺は今後何があろうとお前と結婚するつもりでいる。少し順序が変わるだけだ」

「そ、その順序が大切なんです！　あなただって後ろ指を指されるのは避けたいでしょう」

「別にいまさら一つや二つ、後ろ指を指されることが増えたところでどうとも思わんな。結局は幸せな家庭を作れば良いわけだろう？　俺はお前も生まれた子も生涯愛し抜く自信がある。子どもは多い方が良いな、男でも女でも仲の良い家庭にしよう」

「家族の仲が良いのはすごく良いと思うの。本当にとても良いと思う。でも、今の問題はそこじゃなくて……‼」

駄目だ、どうも勝てる気がしない。

だがサイファス相手だと、ジュリアは随分と遠慮のない発言が増えた。

昔は自分の意思を伝えるのも苦手で、何も言えずに黙り込むことが多かったのに、それもこれも、サイファスは自分が何を言っても怒らない、見捨てないと判っているからだ。

淑女としてどうなのかとは思うが、正直なところ言いたいことがあっても言えなかった頃より、今の自分の方が楽だ。

その分サイファスにはドキドキさせられて苦戦することが多いけれど、こんな会話を楽しんでいる自分がいるのも確かである。

一方、サイファスもそれを承知であえてこんなふうに振る舞っている様子がある。

そもそも幼い頃からあれこれと言われ続けてきたサイファスは、人の陰口に慣れている。

そしてその陰口を自ら跳ね返すだけの実力もある。

よって、誰かに何かを言われるのが嫌だから、これは諦めよう、なんて彼の行動を制限する理由にはなり得ないのだ。

どう言えば彼は理解してくれるのだろうと、半ば真剣に悩んでいると。

「そんな困った顔をするな。俺だって別に無理強いをしてお前に嫌われたいわけじゃない。お前が待てと言うなら待つさ」

「……ほ、本当に？」

良かった、とホッとしかけた時。

「要するに、お前の方から抱いてくれと言わせれば良いのだろう？　それはそれで陥落させ甲斐がある」

……全く安堵できない、と理解して結局今に至るのである。

ちなみに過度な接触も遠慮してくださいと願ったが、そこは承諾してもらえなかった。

「俺はお前に触れていたい。お前は俺に触れられるのは嫌か？」

そう悲しげに問われて、抵抗しきれなかったジュリアの敗北である。

とまあ、こんな有様ではあるのだが、サイファスはこれ以上やりすぎるとまずい、という境界の見極めは非常に上手くて、ジュリアが本気で音を上げる前に引くので、結局はちょっと過激な恋人同士の範疇《はんちゅう》に収まってしまっている……多分、今のところは。最初の接触を除けば。

「お前がいちいち可愛いのが悪い」

「そんなことを言うのはあなただけです。今まで言われたことないもの」

「見る目のない男と比較するな。というか昔の男のことはもう忘れろ。話題に出すとそのたびに貞操の危機が迫るぞ。まあそれを狙っているならやぶさかではないが？」

「…………」

とたんにジュリアは黙り込み、両手で己の口を塞いだ。

「お前は本当に素直で可愛いな、ジュリア」

にっこりと邪な笑みを向けられて、頭が沸騰しそうだ。

それでも、彼に可愛い可愛いと言われるごとに、散々邪険にされて傷つけられてきたジュリアの心が癒やされる。

他の誰につまらない女だと言われても、サイファスにこう言ってもらえるならそれでいい。そしてそのたびに、彼を想《おも》う心も膨れ上がっていくのだ。

真っ赤な顔で黙り込むジュリアにまた彼は笑って、その逞しい腕に抱きしめられた。

心臓は破裂しそうなくらいドキドキして、恥ずかしくて堪らないけれど、彼の腕の中はとても居心地が良くて安心する。

間違いなく今までと比べものにならないくらい幸せだ。

結局この日もジュリアはサイファスを引き離すことなどできずに、その胸に頬を寄せるのだった。

第三章

「全く見ていられない、とはこんな時に使う言葉だとしみじみ理解しました。今までどんな女性に言い寄られても適当にあしらっていたのに」

しみじみとレガートにそう告げられたのは、ジュリアとの逢瀬《おうせ》を終えて軍部に戻った後のことである。

これまでは週に一度だった彼女との講義の時間が、約束を交わしてからは週に三度以上の逢瀬の時間に変わっている。

その時間を作るために仕事の密度は増しているわけだが、多少の忙しさも愛しい女との時間のためだと思えば苦でも何でもない。

元々仕事は早い方だが、これまで以上に手際よく仕事をこなすようになったサイファスにレガートは呆れ半分、感心半分と言った様子だった。

「興味のない女に言い寄られて、いちいち甘い顔なんてしていられるか。そもそもそういった女の目当ては俺ではなく、皇子妃という地位だしな。下手をすれば俺を踏み台に、皇太子の愛人の座を狙っている女までいるんだぞ」

皇后には嫌われているが、それでも第二皇子という立場と、なによりこの容姿と身体の持ち主である。

サイファスの有り余る色気に当てられて、一時の関係でも良いからと言い寄ってくる女性はこれまでに数え切れないほどいた。

もちろん一度でも関係を持てばそれを理由に結婚を迫られるのは目に見えている。サイファスがそんな女性を相手にしたことはない。

面倒事になると判りきっているからだ。

手を出して良い相手かどうかは慎重に見極めてきたつもりである。

女で身を滅ぼす男の話は枚挙《まいきょ》に暇《いとま》がない。

彼がいわゆる「手を出してはいけない」女性の筆頭である、未婚令嬢相手に自ら迫るのはジュリアが初めてだ。

「中には本気であなたに懸想していた女性もいたではありませんか」

「さてな。覚えていない。それよりも、俺がジュリアに甘くて何か文句があるか？　悪くない相手だと言っていたのはお前だったはずだが」

「確かに言いました、文句なんてありません。ただあなたの溺愛っぷりが想像を超えていて驚かされているだけです。立場上側に控えなくてはならない独り身としては、なんとも身の置き所のない日々に身が細る思いですよ」

「だったらお前もさっさと想い人に告白したらどうだ。幼馴染《おさななじ》みの娘だったか？　今の関係を壊したくない、彼女を大事にしたい、なんて十代の夢見がちな童貞みたいなことをほざいておいて、ぼやぼやしている間に他の男にかすめ取られても慰めてはやらんぞ」

「……部下のセンシティブな問題を容赦なく抉らないでください。……それよりも、どうなさいます？」

苦い顔をしながら問うレガートの言葉に促されて視線を落としたデスクの上には、二つの報告書と一通の手紙が置かれている。

一つは、最近きな臭い空気が漂い始めてきた国内情勢について。

一つは彼女の祖父であるロレイシー伯爵と、婚約破棄騒動後の社交界での噂、元婚約者のアーネストの動向について。

最後の手紙が皇后リキアから送りつけられてきたものだ。

「ロレイシー伯爵には近く、ジュリアと共に挨拶に出向くつもりだ。噂と馬鹿男には引き続き監視をつけておけ。国境問題についても逐一報告を上げろ。フェイク情報に騙《だま》されるなよ」

「はい」

「……最後の手紙だが……仕方ない、これから皇后の元へ行く。同行しろ」

これまでの人生の中でサイファスは多くの敵と対峙《たいじ》してきたし、実際に武器や策略を交えて相手を叩き伏せ、時にはその命を奪い取ってきた。

軍人とはそういうものだ。国を守っていると言えば聞こえは良いが、悪く言えば結局は人を殺して食べているようなものだと思っている。

恐らく自分を英雄と呼ぶ人々の裏側で憎悪を抱いている者が多くいるだろう。

だがそうした人々を含めてもこの世でもっとも自分に強い負の感情を抱いているのは皇后リキアだと承知している。

皇后にとってサイファスに関わったところで得られるものは少ない……というよりも、ほぼないと言っても構わないはずだ。

既に実子のエレファンは立太子しているし、皇帝も皇后には一定の配慮をしている。よほどのことがなければ彼女の地位は揺らがない。むしろ下手にことを荒立てる方が危険だ。

身分の低い側妃の産んだ子などいないものとして放っておけば良いのに、リキアはそれでは満足できないらしい。

皇后の自分に対するある意味執着と言って良い感情は強烈だ。

ジュリアとその親族はサイファスにとって最大の弱点となり、そこを攻撃しないという手はないだろう。だからこそ何もしないでいるわけにはいかない。

正式に皇帝の許可を得ることで、一定の抑止力にはなる。またジュリアの祖父が、皇帝の信頼するロレイシー伯爵であることも大いに役に立つ。

だがそれで彼女を完全に守れるかというと、まだ足りない。

この先もずっとその危険性が続くことを思えば、サイファスはどこかで決定的な手を打たねばならない、それも早急に。

レガートを伴い、招集状に従って皇后宮へと出向いたサイファスは、通されたその先で訪れを待ち構えていた、この国でもっとも身分の高い女の足元に無言で跪いた。

「あらあら。言いつけに従うようにと躾けたはずなのに、随分と到着の遅いこと。他に気になることがあるようね？」

白い肌に黄金の髪。深い青の瞳は上等な宝石のようで、既に齢五十に近い年齢とは思えないほどに若々しい美貌の女だ。

だが皇后リキアの美貌には毒がある。

無言のまま頭を下げ、跪き続けるサイファスの前へと歩み寄った彼女がその手を差し出す。水仕事などこれまでに一度もしたことのない滑らかな肌のその手を恭しく取ると、指先に触れるか触れないかの口付けを落とした。

「顔を上げなさい」

言われるがままにその顔を上げた。

感情の見えない凪《な》いだ表情をしているサイファスの男らしい顔を見下ろしたリキアの瞳に宿るのは、ほの暗い熱情の炎だ。

（……まったく、浅ましい女だ）

憎んでいた女の息子である、自身の息子より年若いサイファスに、リキアは間違いなく女としての感情を抱いている。

理由は簡単だ、サイファスが父親である皇帝に似ているから。

リキアは決して手に入れることのできなかった、かつて愛した男の面影を憎き女の息子に見い出して以来、ある種独特の執着を抱いている。

まるで皇帝は無理でも、その息子ならば強引にでも手に入れられると言わんばかりに。

もし彼女が皇后という座にそれほどの執着を抱いていなかったら、そして皇帝や皇太子の目が向いていなければ、この女は血の繋がらぬ義理の息子を己の寝台に呼びつけて伽《とぎ》を命じていただろう。

「あなた、結婚するそうね。婚約者の下から浚《さら》うように奪い取ったのですって？」

「語弊があります。既に婚約を破棄された後でした。私も皇族の一員として早急に相手を定めるようにと命じられておりましたので。陛下からの承認は既にいただいております」

嘘は言っていない。早く相手を定めろと言われていたのは事実だ。

皇太子のエレファンは既に妻帯しているが、まだ子がいない。

　彼に何かあればその座はサイファスへと回ってくるし、もし兄に子が生まれてもその子に何かあった場合は、サイファスの子が帝位に近くなる。

　いつだって自分は兄のスペアだ。現在皇帝の血を引く直系男子がエレファンとサイファスの二人しかいないのだから仕方がない話ではあるのだが。

　もちろん、そんな理由で結婚を決めたわけではない。

　共に添い遂げたいと思う相手と出会ったからこそ、そう願ったのだ。

　しかしそれをリキアにそのままに告げるのは危険だと感じた。あえて皇子としての役目の一つだとさりげなく強調することで、サイファスはジュリアを守っている。

（だが、いつまでもこのままでいるつもりはない）

　何も力のなかった頃は、サイファスもただ現状に耐えるしかなかった。

　けれど今の彼は、言いなりになるしかなかった幼い少年ではない。

「あら、そう。あまりにも突然の話だから、もっと特別な理由があるように思えたのだけれど。あなたその後すぐに、その娘を宮に連れ込んだそうじゃないの」

「トラブルでドレスが汚れてしまったので、着替えをさせました」

　嘘は吐いていない。

　真意を探るような視線から目を背けることなくまっすぐに見返すサイファスに、リキアは一応信じる気になったらしい。どうやら留守にしがちな皇子宮だが、そこに勤める使用人たちの中に裏切り者はいないようで何よりだ。

　まさかこれを確かめるために呼びつけられたのか、と言いたくなるような面会を終えて皇后宮に背を向けながら、一人呟いた。

「馬鹿な女だ。余計な欲を抱かず黙って大人しくしていれば、何も失わずに済むものを」

　苦々しく毒付いた。

　いずれにしてもここ最近のリキアの言動は以前よりも厄介になってきている。面倒事がこれ以上大きくなる前に何らかの手を打つ必要はあった。

「そろそろ潮時なのかもしれないな」

　呟くサイファスの声に応じるように、レガートは無言で頭を下げた。

　まるで来るべき時がもう間もなく訪れると言わんばかりに。


　サイファスが自身の身の回りでそれ相応の危機感と対策を練っているのと同じ頃、ジュリアはジュリアでこれまでとは違う変化に見舞われていた。

　というのも、あの婚約破棄騒動以降からシェーンリッチ伯爵家にジュリアを名指しした お茶会や舞踏会などの招待状が届くようになったのだ。

　これまでジュリアを婚約者に見向きもされない可哀想《かわいそう》な人、と陰で嗤っていた令嬢の名や、付き合いのなかった家の名も含まれている。

「皆様、人前で婚約破棄された令嬢へのお気遣い……であれば良いけれど、きっとそうではないのでしょうね」

皆、己の好奇心を満たすためにジュリアから話を聞きたいのだろう。

もちろんサイファスとの繋がりを求める者もいる。

魂胆が透けて見える招待など受けたくはないが、爵位や立場上受けねばならない相手も多く、仕方なくその中でも無視できない相手を中心に招待に応じなければならなかった。

その日、出向いたのはマギレア侯爵令嬢、アガーテが主催する昼の茶会だ。

茶会にはシェーンリッチ伯爵家より高位貴族の令嬢が他に五人ほどいて、ジュリアを待ち構えていた。

「このたびはお招きいただき、誠にありがとうございます」

もちろん今まで付き合いなど一切なかったし、それどころか社交界では陰口に熱心だった令嬢が主催である。

どう考えても楽しい茶会にはならないだろうと覚悟しながら、ジュリアは招待への感謝の言葉を述べたのだが。

「サイファス殿下のあのお言葉は本気でいらっしゃるの？　あなたと殿下が親しいお付き合いをしていたなんて、これまで聞いたことなどないのだけれど」

ジュリアの着席さえ待たずに問いかけてきたのは、招待客の令嬢の一人だ。

およそ淑女らしからぬ言動である。ジュリアへのマナーは不要だとでも言わんばかりだ。

確かに今までが今までだから、見下されるのもある程度は仕方ないと腹を括《くく》ってはいるけれど……彼女たちは判っているのだろうか、と疑問には思う。

このまま縁談が進めばジュリアは皇子妃だ。皇后と皇太子妃に続いて、国内で三番目に身分の高い女性になる可能性が高いというのに。

だが今のジュリアはまだあくまでもシェーンリッチ伯爵令嬢であり、伯爵家の中でも中程度の家格の娘である。

まだ得てもいない身分を笠《かさ》に着るわけにはいかない。

せめてできるだけ堂々と背筋を伸ばし、静かに微笑みながら答えた。

「殿下のお心は私などに計り知ることはできません。私は殿下のお言葉に従うのみです」

肯定も否定もしないジュリアに、その令嬢の眉が顰められる。

次に声を上げたのはまた別の令嬢だ。

「……一体サイファス殿下は何をお考えでいらっしゃるのかしら。皇子妃に相応しい令嬢は他に何人もいるというのに、伯爵家とはいえ婚約破棄されたばかりの令嬢なんて……」

「あなたもご自分の立場を弁えるならば、殿下には丁重にお断りなさるべきでは？　傷物の令嬢の立場で、殿下に申し訳ないと思わないの？」

その場にいる令嬢たちが次々と後に続く。

当然かもしれないが、今この場でジュリアを祝福する者は一人もいない。

だが不思議なことに主催のアガーテだけは口を閉ざしたまま、探るような視線を向けてくるばかりだ。

アーネストと婚約していた時のジュリアなら、俯いてこの時間が終わる時をひたすらに待っていただろうけれど、今それをすればなおさらにサイファスに相応しくないと攻撃される原因を作るだけだ。

未着席のまま、腹の前でぎゅっと両手を組み合わせながらあくまでも静かに答えた。

「仰るとおり、婚約破棄など不名誉な経験をした娘にとっては大変有り難いお話だと承知しております。私は殿下のご判断とお言葉に従うつもりです」

「まあ……なんて図々《ずうずう》しい」

令嬢の一人が上品に口元を覆いながら、辛辣な言葉を吐き出した時だ。

「パルシェット男爵令嬢のご到着でございます」

どうやらまだ招待客がいたらしい。

随分と遅い到着だが、そんなことよりもジュリアが思わず表情を僅かに強ばらせた理由は、その令嬢の名だ。

パルシェット男爵令嬢……彼女自身の名をエミリアと言う。

あの婚約破棄の場で、アーネストに我が物顔で寄り添っていた令嬢だ。

見れば、アガーテを含め他の令嬢たちもエミリアの登場に、ニヤニヤとその口元を意地悪く歪めている。

（……ああ、そういうこと。この方たちはどこまでも私を見下すつもりなのだわ……）

さすがに怒りとも屈辱ともつかない感情が胸の内にこみ上げた時、ジュリアの傍らに近づいてきたそのエミリアが、突然足元に縋り付くように跪いた。

何かとぎょっとしたこちらの反応に構わず、彼女がその口を開く。うっすらと目元に涙を滲ませて。

「ジュリア様、このたびは大変なご迷惑をおかけしました！　私が立場を弁えぬ恋をしたばかりに、あなた様をあんな道化のようなお立場にさせてしまったこと、心からお詫び申し上げます」

「…………」

何でも謝ればそれで良いというものではない。

まっとうな令嬢ならば、普通はここで怒る。自分よりも身分の低い令嬢に婚約者を奪われ、その上、道化呼ばわりをされたのだから当然だ。

同席している令嬢たちも、そうなることを期待して意地悪く笑い続けている。

だが、ジュリアにはここでまっとうな相手をする意味はないし、アーネストがらみのことで怒る理由なんて今の自分にはない。

「どうぞお立ちになってください。特段謝罪していただく必要はございません、むしろあなたには感謝しております」

「……えっ？」

拍子抜けした表情を見せるエミリアに、これでもかと言わんばかりの笑顔を向けた。

「私とアーネスト様は皆様がご存じの通り、気が合っておりませんでしたので、このまま結婚する方が大変なことになっていたと思います。それをあなたのおかげで回避することができたのですもの。誰も不幸になっておりません、ですから謝罪は不要でございます」

「……そ、そんな……」

絶句したエミリアの口元が引きつっている。

実に判りやすい反応に、今度はあえて取り繕わずとも笑みが零れた。

「アーネスト様をお願いいたしますね。どうぞお幸せに」

激昂するどころか祝福まで口にするジュリアを前に、エミリアは完全にその口を閉ざしてしまった。

周りからもどこかしらけた雰囲気が漂ってくる。まるで楽しみにしていた観劇で、もっとも盛り上がるだろうと期待していた場面がとんだ肩透かしだったと言わんばかりに。

訪れた沈黙を打ち破るように口を開いたのは、アガーテだった。

「なんだかジュリア様は少し印象が変わられたようですね。失礼ながら、社交界でお見かけしていた時とは別人のよう。それはやはり、サイファス殿下の影響かしら？」

じろじろと探るような視線がこちらを向く。

確かに印象は違うだろう。振る舞いや言動もそうだが、いつも地味で控えめな振る舞いを心がけていた時と、今とはその衣装も違う。

今日のジュリアは裾へ向かうにつれて色が濃くなるグラデーションのかかったライトグリーンの生地の上にオフホワイトの編み目の大きなレースを重ねたドレスを着ている。

胸元と腰には淡いピンクのリボンとウエスト周りを彩る刺繍が施されていて、柔らかな生地がその動きに合わせてドレープを品良く揺らす、甘さと上品さを兼ね備えたものだ。

高価な宝石やアクセサリーは付けていなくても、選んだ者のセンスの良さを感じさせる。

暗い印象を与えがちだったジュリアの茶色の髪や瞳も、明るい色合いのドレスに引き立てられて、落ち着いた若い令嬢らしい雰囲気を演出することに成功している。

少なくとも今のジュリアを見て、地味で暗い令嬢だと言う者はいないだろう。

外見の印象が変わると、相手が受ける印象も変わるものだ。

もちろん、当人の心の持ちようも。

「仰るとおり、殿下の影響は大きいと思います。あの方はとてもお優しく接してくださるので、そのお気遣いだけで、心に潤いを与えていただけるような心持ちがいたします」

嘘ではない。本当のことだ。

「殿下は仰ってくださいました。私は粗末に扱われて良い女ではない、誰よりも可愛い女だと。そのお言葉に、ほんの少しだけ自信が持てたのです」

まだ完全に失われていた自信を取り戻せたわけではない。

それでもこの場で言いたいことを言える程度には心の支えになっている。

あの、欲望に忠実でぐいぐいと積極的な触れ合いや行為も、困惑はするけれど、女として求められているという自信に確実に繋がっている。

「ですから、そのことに気付かせてくださった殿下と、膠着《こうちゃく》していた状況を打開してくださったパルシェット男爵令嬢には、本当に感謝しております」

感謝の言葉を口にする内に、次第にその気持ちが本当になってきた。

先ほどよりも自然なジュリアの笑顔を前に場は凪いだように静まりかえる。

主催のアガーテの期待に反して、自分にもちゃんと言いたいことは言えるのだとジュリアの自信に繋がる皮肉な結果となったのである。

静まりかえった茶会の雰囲気に、ジュリアは静かに礼を返すと告げた。

「本日は折角お招きをいただきましたが、私はこちらで失礼させていただいた方がよろしいかと思います。また機会がございましたら、是非」

きっとそんな機会は二度とないだろうなと承知の上で社交辞令を述べながら退出しよう

としたジュリアの背に、令嬢の一人の言葉が届いたのはその時だ。

「……皇后様のお怒りを買えば良いのに」

それは小さな、本当に小さな呟きだったけれど、ジュリアの心に僅かな萎縮を与えるには充分な、不吉な一言だった。

帰り道、馬車の振動に身を委ねながら考えずにはいられない。

（……そもそも、皇后陛下はなぜそれほどまでにサイファスを嫌うのかしら……）

もちろん側妃の産んだ、自分とは血の繋がらぬ子を可愛いと思えないのは仕方ない。

だが第一皇子のエレファンは非常に優秀な皇太子として知られているし、順当に行けば彼が帝位に就く未来は揺らがないだろう。

ジュリアからすれば、サイファスは確かに目障りな存在かもしれないが、積極的に排除するよりはむしろ皇太子のスペアとして確保し、ある程度手のうちに引き込んでおいた方が良いと思う。

そんな彼女の疑問に答えたのは、それから数日後、彼女の元へやってきたサイファス自身の口からだった。

「俺の母は元々皇后が輿入《こしい》れの際、実家から共に連れてきた侍女だったそうだ。いわば皇后にとってはもっとも近しい味方だったというわけだな」

特にこれといった美貌があったわけでも特技があったわけでもない地味な女だったが、

物静かで心優しく、細かいことに気が回り、居心地の良い空間を作るのが得意だった。

気難しいリキアが側に置くくらい、可愛がっていた侍女だったらしい。

「だが皇帝は、その侍女であった母に手を付けた。よりにもよって皇后が悪阻で苦しんでいる間に、その目を盗むように、だ」

「それは……」

女性にとって妊娠と出産が人生においてどれほど大きな意味を持つかは、まだその経験がないジュリアには本当の意味では判らないけれど、想像することはできる。

自分が身籠もって身動きが取れずにいる間に愛しい夫が、もっとも近しい侍女に手を付けたなどと知ったら……それは一生ものの禍根になっても不思議はない。

それでなくともリキアは皇帝を愛していた。

それこそ幼い頃からずっと恋煩ってきた相手だったそうだ。

結ばれて、子ができて、幸せの絶頂だったその間に愛する夫ともっとも信頼していた侍女に裏切られたと知った時の気分は、それこそ地獄に落とされたようなものだっただろう。

「……サイファスのお母様は、皇帝陛下を愛していらしたの？」

「さあな。母が死んだのは俺がまだ五つの頃だ。記憶なんて殆ど残っていない」

「そう……」

「だが、かろうじて残っている記憶と、周囲から聞く話で思うのは……皇帝からの寵愛《ちょうあい》は、母が望んだものではなかったのだろう、ということだ」

サイファスの母は皇帝の子を身籠もって側妃の座についたが、その寵愛以外に頼れる存在は何一つ持たない女性だった。

彼女自身が望んだことでないのならば、過分な立場に立たされ、かつての主人であったリキアの怒りを買って、さぞ皇城での生活は生きづらいものであっただろうことが想像できる。

本来であればリキアの怒りは夫である皇帝に向けられるものだったのだろうが、夫を愛する彼女は皇帝を憎むことができない。

その分のもどかしさや怒りの分も、サイファスの母へ向けられたのかもしれない。そしてその側妃はもういない。

リキアの憎悪はその息子へも向けられた。

まだ幼い皇子が早く死ぬことを期待して軍に放り込むくらいに。

なのに、サイファスはそこで死ぬどころか予想外に手柄を立てて生き延び、自らの力で元帥に次ぐ大将の地位を与えられた。

「皇后からすればはらわたが煮えくり返る思いだろうな」

「……そのことを、皇帝陛下はどうお考えなの？」

「知らん。陛下は何も言わんからな。母とのことを皇后に弁明もしなかったし、謝罪もなかったそうだ。それが余計に皇后の怒りを煽っているのかもしれないが、皇帝からすれば正妻の他に側妃を得ることは責められるようなことではない」

皇帝は複数の妻を得ることを許されている唯一の存在だ。

逆にそうすることを求められる立場でもある。もちろん、より多くの子を得るために。

そしてその皇帝に求められたら、一介の侍女でしかなかったサイファスの母は拒めなかっただろう。たとえそれが、主人である皇后を裏切ることになっても。

サイファスの母がどんな気持ちで皇帝の寵愛を受け入れたのか、そして夫と信じていた侍女の二人に裏切られたリキアの気持ちも思うと、同じ女として複雑な気分になる。

「陛下は俺に対しては多少の引け目は感じているのかもしれないがな。そのせいか少なくとも今回に関しては俺の意思を優先すると約束してくれている」

その皇帝の意思が皇后への抑止力となってくれたら、ジュリアにもシェーンリッチ伯爵家にもありがたいことではあるけれど。

「だがまあ、母は俺のことは我が子として愛してはくれていたらしい。将来の俺の年齢に合わせて、誕生日を祝う手紙が残っている。六歳から百歳の俺に当てて九十五通も手紙を書いていたんだぞ。病に冒されていた身でそんなものを書いている暇があればゆっくり休んだ方が良かっただろうに」

そうは言いながら、サイファスは一つ年齢を重ねる毎に、その年齢に該当する母からの手紙を開くことを楽しみにしているようだ。

とっくに成人し、立派な青年となった息子へどんな言葉を寄せたのだろう。

「二十五歳のあなたへは、どんなことが書いてあったの？」

「そうだな。もう結婚はしているか。しているとしたら子どもはいるか、妃を大切にしろ、とかそんなことだな。来年か再来年にはその期待に応えてやれば良いと思っているのだが？」

「……そ、そう」

そこで意味深な色目を流して寄越すのは止めてほしい。心臓に悪すぎる。

「あとはそうだな。記憶する限りこれまで全ての手紙に書いてあるのは『愛しいあなたが幸せでありますように』という言葉だ。正直理不尽な扱いにやけを起こしそうになったこともあるが……そんな言葉を毎年贈られては、簡単に道を逸れるわけにもいかん」

その言葉で判る。彼の母は多分、とても愛情深い女性だったのだと。

知らぬうち、ジュリアは涙ぐんでいたらしい。

彼女の目が潤んでいることに気付いたサイファスは、やや気恥ずかしげに目を反らすと、話を変えるようにその口を開いた。

「俺のことはいい。それより、お前の話を聞かせてくれ」

「私？」

「俺はまだお前の基本的なことしか知らないからな。どんな子どもで、どう生きてきたか。何が好きで何が嫌いか。そういったことを教えてくれ」

「私は、そんな特別なことは何も……ごく平凡な人間だもの」

「それでいいんだ、お前のことを知りたい。まず知ることが大切だろう。知るためには、言葉なり文字なりを交わすしかない」

確かにそうだ。態度や行動から察することはできたとしても、それが正しいかどうかなんて誰にも判らない。

本当のことは当人の口から聞くのが一番だし、そのために必要なのは対話だ。

……思えばジュリアは、アーネストとそんな対話をした記憶がない。

こちらが話をしよう、歩み寄ろうと思っても彼はそれを望まなかったし、すげなくあしらわれる内にその努力さえ忘れてしまっていた。

「……私は、十九年前の七月三日に領地の屋敷で生まれたの。明け方で、太陽の光がとても眩《まぶ》しく部屋に差し込んで……だから、古い言葉で輝かしい娘、という意味から取ってジュリアと名付けたのですって」

「そうか。お前によく似合う」

「……か、家族はお父様と、お母様、弟のジーニアスと……お祖父様にお祖母様《ばあさま》。子どもの頃、呼吸器が弱くてお祖父様のところに預けられていたことがあったの。シェーンリッチの領地より、お祖父様のロレイシー伯爵領の方が空気が良かったから。そのお祖父様の書斎に、たくさんの宮廷行事や作法の本と一緒に歴史書もあって」

「お前が歴史好きなのはそのおかげか？」

「歴史と、作法は密接な関係があるのよ。例えば花祭りが始まった由来は三百年前の皇子様が想い人に花を贈ったことが由来だけど、その想い人は実は敵対していた国のお姫様で……」

ジュリアの話にサイファスは興味深そうに耳を傾ける。

多分そんなに面白い話ではないと思うのだけれど、とても楽しそうに話を聞いてくれる。時折入る相づちや質問は、話を聞いているからこそ出てくると判るもので、それが嬉しくてジュリアをより饒舌《じょうぜつ》にさせる。

ジュリアに作法の講義を頼んだ時から彼はずっとそうだ。

とにかく話を聞いて、疑問に思ったことはそう口にして、自分なりに理解して呑み込もうとする……だから話す側はより詳しく、より熱が入り、会話が楽しいと思うのだ。

それに加えて今彼は、ジュリアが何をどう思っているのかを詳しく知ろうとしている。

それは喜びであったし、感動でもあったし、僅かな羞恥もあった。

だが一番強い想いは、彼へ抱く愛情だろう。

（……どうしよう。私……この人が好き。今まで自覚していたより、ずっと……どんどん好きになっていくみたい……）

一見、押しが強くて傲慢にも見えるのに。

自信に溢れ怖いものなどないような、威圧や迫力さえ感じる猛々《たけだけ》しい人だとも思うのに。

荒っぽい印象の中に、こんなに細やかな気遣いができる優しさもある。

人としても、男性としても、多分今までジュリアの人生の中でこれほど心惹かれる人はいないだろう。

そんな人が、自分を好きだと言い、結婚を望み、そして全てを求めてくれる。

結婚までは節度ある付き合いを、と思っているけれど……その前に全てを許してしまいそうな魅力を前に、知らぬうち、ジュリアはどこか熱っぽい眼差しでサイファスを見つめていたらしい。

フッと笑った彼が手を差し伸べてきた。

それに応じればまたきわどい接触になると判っているのに、まるで花の蜜の匂いに吸い寄せられる蝶《ちょう》のように、手を取らずにはいられない。

ジュリアの手を取ると、すかさずサイファスはその手を引き己の元へ引き寄せ、腰をさらうように膝の上に引き上げた。

「きゃっ」

咄嗟にぎゅっと目を閉じると、背後から肩を滑る髪をかき分け、項を擽るように撫でら

れて、ぞくっと背筋を走る甘い刺激に思わず吐息が漏れた。

「あっ……」

直後慌てて両手で口元を押さえるけれど、その小さな声は聞かれてしまったらしい。

耳元で笑う息づかいを感じる。

顔に火がついたように猛烈に熱くなり、心臓は今にもこの胸を突き破って外へこぼれ出てしまいそうだ。

「何か言いたそうな顔をしているな。それとも、物足りなさそうな、と言い直すべきか?」

ますます顔が赤くなる。

過度な接触にもう勘弁してほしいと思う気持ちと同じくらい、これまでに繰り返しサイファスに触れられて快楽の種を植え付けられたジュリアの身体は、確かに物足りなさを感じ始めていたからだ。

だけどなけなしの理性と、令嬢として教育されてきた常識がまだかろうじて仕事をしている。

殆ど涙ぐみながらジュリアは言葉を口にした。

「……あなたは、どうしてそんなに私に優しいの?」

彼のような人が自分を求めてくれる理由が、ジュリアはまだ判らない。

あるいは何にでも理由を求めてしまうのはナンセンスなのかもしれないけれど、これだという理由がほしくなるのは納得できる答えを得て、彼の元にいても良いのだと安心したいからなのだろうか。

既に幾度か行った問いを繰り返すジュリアに、サイファスはまたか、と呆れることはしなかった。

代わりに言い聞かせるように言葉を紡ぐ。

こちらが納得できるまで、何度でも答える、と言わんばかりに。

「いいか、ジュリア。俺を優しいとお前は言うが、お前は俺以上に優しい」

「えっ……」

「そうは見えなかったかもしれないが、図書館でお前が手紙をくれた時、俺は本当に困っていたんだ。聞ける相手も、頼れる相手もなく、判らないと口にすることもできない。自分が調べていることが正しいかどうかの確証さえない、正解は当日大勢の者にジャッジされるまで判らないままだ」

確かに困っているだろうとは思っていたが、そこまでとは感じなかった。

いつだってサイファスは堂々としていて、例え間違っていようと正しいことのように振る舞う姿が板についていた。

でも、考えてみれば人から嘲笑されて何も感じないわけがない。それでなくても彼は皇族で、より人の目を集め、より重い責任を背負う人だ。

サイファスが侮られれば、彼を慕って従ってくれている者たちまで侮られることになる。

宮廷での影響力はまだ低いが、軍籍においては彼の存在は大きく、その下には命を賭して戦う者たちが何万人、いや末端まで含めたら何十万人といるのだ。

「俺がどれほど苦戦していても、皆知らんフリだった。正しい答えを与え、導いてくれた人間はお前だけだったんだ」

「……で、でも、それはあなたが先に、取り残された私を馬車に乗せてくれたから……」

「たとえその出来事がなかったとしてもお前ならいつかアドバイスをくれたのではないか？　図書館で俺やレガートが関連書籍を選ぶたび、気ぜわしげな視線を向けてきていただろう」

「……き、気付いていたの？」

「当たり前だ。人の視線や気配には敏感に育っている。見当違いな本を選んだ時は何か言いたそうな顔をしていて、正しい本を選んだ時には少しホッとした顔をしていた」

……恥ずかしい。そんなことにまで気付かれていたなんて。

「とどめは皇后の生誕祭でお前がわざわざ、祖父の持ち物まで持ち出して俺を助けようとしてくれたことだ。見返りを求めず、純粋に俺を気遣ってくれた心が嬉しかった」

あの時貸したブローチは、その次に会った時に既に返してもらっている……お礼だと、同じ色の宝石で可愛らしい花の形を模したピアスと一緒に。

そして今、そのピアスはジュリアの耳元を飾っている。

「婚約者などいなければと何度も思ったし、お前を粗末に扱っているあの男を陰で始末してやろうかと思ったことも何度もある」

「……そ、それは……」

「実際にお前の名誉に傷がつかない形で婚約破棄に持っていくにはどうしたらいいかと考えていた。だからそれよりも先にあの男がしでかしてくれたと知った時には腹立たしくも思ったが、内心腹の中で喝采を上げたぞ。これでお前を俺のものにできる、と。まあ、だからこそあの日は少々暴走してしまった感は否めないが」

唯一悔いがあるとすれば、大勢の人々の前でジュリアを貶《おとし》められる形になったことだとサイファスは言った。

「お前の優しさに、俺は同じかそれ以上の優しさで返したい。もちろん単純に、お前がほしいと願う欲求も満たすつもりでいるが」

「……私は、そこまで考えてあなたを助けようと思ったわけではなかったの。ただ、私にはお祖父様から教わった知識があったから、少しでも助けになればって思っただけで……」

人に嗤われる辛さを知っていたから。

努力が報われないむなしさも知っていたから、だから。

「お前の、そういう優しさが愛しいと俺は思う。だからお前は、そのままでいい。無理に愛される理由を探さずとも、お前がお前でいてさえくれればそれでいいんだ。愛している、ジュリア」

もう、何も言えなかった。

わあ、と泣き出したくなる自分を堪えるだけで精一杯だ。

彼の言うとおり、もう自分が愛される理由を探すのは止めようと、そう思った。

サイファスはこれ以上ないくらい丁寧にその答えを教えてくれている。ならばその言葉を信じよう。

彼が言ったとおり、優しさには優しさで返したいし、愛情にはやっぱり愛情で返したい。

「……私も、あなたが好き。愛しているわ」

精一杯の勇気で呟くように告げたら、そのジュリアの告白にサイファスは少年のように破顔した。

「欲を言うなら、その後に『お願い、抱いて』と続けてほしいんだが？」

どさくさに紛れた台詞にジュリアは真っ赤な頬を膨らませると、ちょっとだけ拗ねたように彼を睨んだ。

「……こんな明るい時間から、そんなこと言えるわけがないでしょう」

にんまりと彼の笑みが返ってくる。

「と言うことは、昼間でなければ良いんだな？」

「し、知りません」

ぷい、とぎこちなく視線を外した途端、腰から腹の辺りを大きな手の平に意味深に撫でられて、ビクッと震えた。

思わず身を丸めようとするけれど、それよりも早くに再び顎を捕らわれて上向かされる。

金色の瞳を認識した直後、塞がれた唇の熱さに吐息が漏れそうになった。

ただ唇を合わせているだけ……それが、どうしようもなく気持ち良いと感じてしまう。

表面を舐められて開け、と訴えてくる彼の無言の指示に従い唇を開くのも、その舌をおずおずと差し出すのも、以前に比べれば戸惑いは薄れた。

舌を絡め合い、吸い上げられるのと同時にサイファスの手は腹から上へと上がって、ジュリアの胸元へと到着する。

その膨らみの片方を手の平に収めた時、唇を合わせながら彼が満足そうに笑った。

「俺の言いつけを守って、短いタイプに戻したのか？」

彼の手に伝わる胸の弾力は、自然にあるがままで、固い感触はない。

よってサイファスがその手を動かすと、ジュリアの乳房はその手に合わせていとも容易く形を変える。

……別に、彼の要求に従ったわけではないのだ。

ただ、やっぱり最近の流行がこの短いタイプのコルセットなだけで……胸を潰されるよりジュリアも呼吸が楽だし、特別な意味はない。

……とは言えなかった。だってやっぱり、触れられるかも、と判っていながら選択したのは自分なのだから。

赤くなったまま答えないジュリアに彼はまた笑い、そしてもう一度唇を合わせた後でその頭を下げてきた。

ジュリアの倍はありそうなサイファスの指が、ぷちぷちと器用に前合わせのボタンを外していく。

何をするつもりなのかは明らかで、一応は控えめにその手を押し返そうとするけれど、もう形ばかりの抵抗にしかすぎない。

だって、やっぱり彼は笑うのだ……先ほどの少年のような快活な笑みでも、少し前の穏やかな笑みでもなく、女を魅了する蠱惑的な笑みで。

「前にも思ったが、俺の手にあつらえたような大きさと触り心地の良い胸だ。ここの色も薄く、小さくて可愛い」

あっという間に胸をさらけ出されて言葉もない。

身を引こうとしても両足を抱えるようにソファに押し倒されてのし掛かられれば逃げる

ことも　できない。

　そもそも、本気で逃げなくてはという気持ちもない、となればジュリアにできることは小さな罪悪感と大きな羞恥、そして深い快感に身を震わせ、秘めやかな声を上げるだけである。

　両方の乳房を根元から絞るように摑んで、ふよふよと揺らされる。

　まだ直接触れられてもいないのに、外気に晒されたせいかふっくらと立ち上がり始めた先端が妙にいやらしく見えて目を閉じた。

　その先端にサイファスの指が触れる……親指と人差し指で摘まみ、擦るように。

「んっ」

　ざらついた皮膚が敏感な場所に触れるたび、ぞわぞわと神経を擽られるようなむず痒《がゆ》さと、針で芯を刺されるような鋭い刺激の両方が伝わって身を揺らす。

　今や肌の赤味《あかみ》は頰だけでなく首筋から胸元にまで広がって、ジュリアの白い肌を染め上げる。

　艶やかな声と共に、どんどん充血して硬くなってくるそこに、サイファスは満足そうに微笑みながら舌を伸ばすように口付け、絡みついて吸い上げた。

「ん、んんっ！」

　期待していた刺激と快感に高い声が上がりそうになって咄嗟に両手で口を強く押さえた。

ここはサロンで、扉の外には使用人やレガートたちがいて、外も明るくて、つまり淫らな触れ合いに耽《ふけ》っていられる状況ではない。

妙な声や物音を立ててしまったら、外にいる者に知られてしまう。

「可愛いな……肌が真っ赤だ。ここもすぐに硬くなる……この奥がどんな状況なのか、気になって仕方ない」

つうっとその指先が胸から腹を辿り、まだ衣服を身につけたままの下腹で止まる。

だがサイファスの手が求めているのはそれよりもっと下で、たっぷりとしたドレスの生地に隠されている場所だ。

そこがどうなっているかなんて、いまさら確かめる必要はないだろう。だって、身動きするたびにそこからぬめる感覚がするから。

でも、さすがにまだそれを知られたくない。たとえとっくに想像がついていても、だ。

「……だ、だめ……」

「ここに触るのは、もう抵抗しないのに?」

再び二つの乳房に舞い戻った彼の両手が柔らかな肉を包み、揉みしだく。

時折、唾液に塗れてピンと尖ったその場所を指先で弾かれ、ひねられて、そのたびにジユリアの肩が小さく跳ねる。

本当は、やっぱりこんなことを許してはならない。

最後の一線を越えていないから大丈夫、だなんて言い訳にもならない。

でも。

「……あっ……」

駄目だと判っているのに、まくり上げられたスカートの内側へと忍び込んでくる手の動きを止めることはできなかった。

震える両足を撫でるように這い上がったサイファスの片手は、そのまま太腿《ふともも》を辿り、一度腹の辺りまでやってくる。

そこから下着の縁を辿るように中へと手を差し込まれ、恥丘を辿るように秘められた場所へ指を滑り下ろされた時、ぞくっと駆け抜けた快楽はもはや誤魔化しようがない。

「……っ……」

歯を噛みしめながら懸命に声を殺すジュリアにサイファスが熱っぽく囁いたのはその時だった。

「熱いな。ほら、もう音がしてきたぞ」

その場所で彼が指を動かすたび、ぬちぬちと淫らで粘着質な水音がかすかに響く。

それと同時に何ともいえない強烈な愉悦が腰を震わせて、ジュリアの呼吸を乱した。

「ふ、っく……っ……」

「声を殺すな。可愛い声を聞かせてくれ」

「っ……」

懸命に首を横に振る。

いくら家族公認で、呼ばない限りは無断で人が入ってくることは絶対にないと判っていても、いつ誰に聞かれるか判らない状況で色めいた声など上げられるわけがない。

けれどサイファスはジュリアのそんな努力を無にするかのように、硬くざらついた指でぬるついた秘裂を割り、陰唇をなぞって敏感な陰核を擽るように愛撫する。

「……！　っぅ……っ」

それだけでビリビリと襲い来る刺激に腰が跳ね、破裂しそうな快楽に襲われる。

声を堪えたまま、その与えられる愉悦からどう逃れれば良いのか判らず、ジュリアは目の前のサイファスに縋り付くように全身を強ばらせながら、途切れ途切れの呼吸を繰り返すだけで精一杯だ。

だけどどんなに頑張っても、鼻から抜けるようなか細い声は止められない。

「前よりも柔らかくなってきている……いいな……あぁ」

泥濘《ぬかる》んだ入り口を割って彼の指が中を探る。

以前は強い違和感を覚えたその行為も、今は何の抵抗もなく受け入れてしまう自分の身体が、徐々に慣らされていくのが嫌でも判る。

ジュリアの呼吸が荒い。サイファスの呼吸も熱い。

こんな中途半端な触れ合いでは彼自身辛いだろうに……。

「んっ、くぅ……っ‼」

ぐちゅぐちゅと中をかき混ぜられながら、膨らみ始めた陰核のてっぺんを擦られると、一気に膨らみ弾けた法悦にジュリアの腰はひときわ強く跳ね上がって、咥《くわ》え込んだ彼の指を食い締めた。

「は、は………あぁ……っ、はー……」

サイファスが自ら乱したジュリアのドレスや自身の衣服を何事もなかったかのように整えたのは、互いに乱れた呼吸が落ち着くのを待ってからだ。

恋人同士の戯れにしては濃厚すぎる触れ合いに、すっかりぐったりと力を失った彼女を膝に抱いて、飽きもせずに額に、頰に、そして唇に口付けを落としてくる。

それを大人しく受けながら、ジュリアは少しだけ恨みがましく彼を睨んだ。

きっぱり拒絶できないジュリアもジュリアだけれど、隙あらば不埒な行為に及ぶサイファスもサイファスだと思う。

とはいえ快楽でのぼせ、真っ赤に染まった顔と、気怠げな表情では少しも迫力はない。

「……不謹慎な皇子様……」

「これでも我慢しているんだ。元々皇子らしく育ってなどいないと言っただろう？」

「なんだか、そのことを自分に都合良く使っている気がする」

皇子らしくないことを恨みがましく思っているというよりは、自分に都合の悪いことや無作法なことを、そう育ってないから仕方ないよね、と開き直って誤魔化している気がする。そこに悲壮感は微塵《みじん》も存在しない。

じっ、と金色の瞳を覗き込むと、案の定サイファスはにやっと口の端を吊り上げた。

彼の立場ならもう少し自分の境遇を哀れんでも良さそうなものだろうけれど、彼自身は気にもしていないのだろう。

与えられた場所で、できることを精一杯行って、自分の力で生き抜いてきたという自信が窺える。

思わず、笑ってしまった。

「もう、仕方ない人。……一つだけお願いを聞いてもらってもいい？」

「なんだ？」

「あなたの都合が良い時で良いのだけれど……できればお祖父様に会ってほしいの。ここ最近のことを知らせたら心配させてしまって……あなたに時間を作ってほしいって。日時や場所は都合に合わせるからって」

「そんなことか。ロレイシー卿には俺の方から挨拶に行かねばと思っていたところだ。日時は合わせるし、場所も伯爵邸で良い、こちらから出向く。可愛い孫娘を嫁にくれと言っているのに、偉そうに座って待っているわけにはいかないだろう」

またもじわっときた。

やっぱりアーネストはそこまで祖父に礼を払ってはくれなかった。

祖父に堅苦しいイメージを持っていたようで、足の運び方から腕の上げ下げまで煩《うるさ》くチェックされるのは嫌だと、挨拶をするのも拒否したのだ。

また祖父の方からも特別会いたいとは言わなかった。

父の元へは何度も婚約の是非を問う連絡はしていたようだが……きっとアーネストとの結婚には反対していたのだと思う。

「書くものを貸してくれるか。今この場でロレイシー卿に手紙を書こう。皇城から出しても良いが余計な目端の利く者に詮索されても面倒だからな、少々無作法にはなるがお前の手紙と一緒に送ってくれ」

「ええ。すぐに用意するわ。大丈夫、お祖父様は昔の役職柄堅苦しく思われがちだけど、そこまで厳しい方ではないのよ」

「なら助かる。だがその前にもう少しだけ、お前を堪能させてくれ」

肩口に顔を埋められて、匂いを吸い込むように息をされると、身体に触れられているのと変わらないくらい恥ずかしい。特に先ほどのようなことがあった後はなおさらだ。

羞恥で硬直するジュリアの反応に、サイファスは低く声を漏らして笑った。

ジュリアもつられて笑う。幸せな時間だった。

第四章

サイファスと祖父のロレイシー伯爵との対面は、その数日後に行われた。

祖父は既に表舞台から退き、ごく僅かな身内と親しい人との交流のみで静かに日々を過ごす人だが、残された人生の中でもっとも懸念していたのは唯一直系の身内と言えるジュリアのことと、ロレイシー伯爵家の後継のことであるはずだ。

ジュリアにはできるだけ早く結婚して子を成してほしいが、だからといって不幸せにはなってほしくはない。

そういう意味でも大分心配させていたはずなのである。そのことを祖父は一度も口にしたことはないけれど。

「殿下と二人で少し話がしたい。お前は少し、席を外してもらえるかい？」

穏やかに告げる祖父に従ってサイファスと祖父を二人応接室に残し、サロンで待ち続けてどれくらいがすぎただろう。

話を終えて二人揃ってジュリアの元へ戻ってきた時に、親しく笑い合っていた姿に心底安堵した。

「ジュリアをお願いいたします。また、陛下にもどうぞよろしくお伝えください」

「承知しました。伯爵も身体を労《いたわ》っていつまでもお元気でお過ごしください。できる限り早くひ孫の顔を見せて差し上げたいと思っています」

「それは、この老い先短い老人に素晴らしい楽しみができました。ですが何よりもまず私が望むのは孫娘の幸せです。そしてジュリアが幸せになるためにはあなたも幸せにならなくてはいけない。どうかそれをお忘れなく」

結果として、二人の対面は終始穏やかに、そして親しげに済んだ。

お互いに相手に対して良い印象を抱いたようで、ホッと胸を撫で下ろしたものだ。

「お祖父様とどんな話をしたの？」

「大半はお前の話だ。後はそうだな、生きていた頃の俺の母のことを少し教えてくれた」

言われて気付いた。そう言えば祖父は昔、皇城に勤めていたのだ。

式部長官という立場もあって、皇族と接する機会も多かったはずだ。

その時にまだ元気だった頃の彼の母と面識があったとしても不思議はない。

「俺はものの考え方が母によく似ているそうだ。もっとも母の方がもっと慎ましく素朴な性格だったらしいが。皇帝から頼まれて一時母の面倒を見てくれた時期があったらしい。赤ん坊だった頃の俺のことも覚えていると」

「そうだったの……」

「思いがけないところから思いがけない話を聞くと、少し反応に困るな」

「そうは言いつつも、この時のサイファスの眼差しはとても優しいものだったので、祖父との時間は彼にとっても実りある時間だったのだろう。

サイファスはジュリアの両親とも時折顔を合わせ、親しく付き合ってくれている。

今年十六になった弟は皇子が義兄になると知らされて随分と驚き、顔を合わせた際は緊張で顔が強ばっていたけれど、二度、三度と顔を合わせる内に次第に打ち解けて、気さくな未来の義兄にすっかり傾倒したらしい。

また、ジュリアやサイファス自身にも互いと付き合うことによって目に見えた変化が生まれた。

相変わらず数を増した招待状の中でも特に断れない誘いに応じて出席していたのだが、その行く先々でこう言われたのだ。

「なんだか、シェーンリッチ伯爵令嬢は以前と随分印象が変わりましたね。以前ももちろん素朴な愛らしさをお持ちでしたけれど、今は蕾《つぼみ》が開いたというか……年相応に華やかになられたというか。愛されている自信がおつきになったのかしら」

「女は男性に愛されて花開くもの。それが年若いご令嬢ならなおさらです。きっと殿下は、ジュリア様という花に澄んだ水を与えてくださる方だったのでしょう」

「言っては何だけれど、以前のドレイク伯爵令息のあなたへの扱いはちょっとね……同じ娘がいる立場からすると、胸が痛いものがあったわ」

中には皮肉を言う者もいたが、特に既婚女性は好意的に見てくれているようだ。

その言葉を素直に受け取ることにしている。

一方でサイファスの方も、細かな失敗が多かった以前と違いここ最近は随分と改善されていたが、求愛以降はジュリアが直接事前確認をするようになって、よりいっそう皇子として洗練されるようになってきた。

元々見栄えの良い、堂々とした振る舞いと容姿の持ち主であるだけに、必要な作法さえ抑えれば見劣りするはずがない。

サイファスだけでなく彼の周辺に寄り添うレガートやその他の付き添いの青年たちの振る舞いや身なりも洗練されて、誰もこれまで陰で囁いていた「軍上がりの作法も知らない野蛮人」という言葉を口にすることもできなくなった。

「いや、本当にジュリア嬢のおかげで助かりました。これぞまさしく内助の功ってやつですね。俺たちも一緒に面倒を見てくれて、感謝しています」

結果として、ジュリアとサイファスは正式な婚約こそまだであっても、その道筋は順調と言えた……途中までは。

二人の道行きに余計な陰を差す者が現れたのは、あと半月ほどでこの年の社交シーズンが終わる頃合いのことだ。

とある夜会に参加したがサイファスは都合が合わず、弟のジーニアスにエスコートしてもらった夜のことである。

ジーニアスも今年の春に社交デビューしたが、必要最低限の社交にしかまだ顔を出していない。

初めて、それもサイファスの代わりに姉をエスコートするという役目を与えられて、立派にその役目を果たしていた……ちょっと、緊張していたみたいだけれど。

その様子が大分微笑ましい。

「なんだよ、人の顔を見てニヤニヤして」

「あなたも大きくなったなあってしみじみと思っていたのよ。ジニーにエスコートしてもらえる日が来るなんて夢みたいだわ」

「それは今までの姉さんの環境が特殊だっただけ。あの元婚約者の馬鹿男はどういう神経をしているんだってずっと思っていた」

弟にすらそう言わせてしまうくらい、つくづく自分が粗末にされていたことを実感する。

「大体父さんも悪いんだよ。後ろに誰がいるとか気にしてさ、向こうの言うこと全部聞かなくたっていいだろうに」

「そう言わないであげて。お父様も家を守るために、色々と苦労もあるのよ」

「姉さんだってもっと怒ったって良かったんだ。なのに大人しく耐えて好き勝手させるからあっちが調子に乗っていたんだろう」

どうやら弟は弟で冷遇されていた姉の姿に思うことがあったらしい。

思春期ということもあってここ数年はあまり会話する機会もなくなっていたけれど、サイファスと会わせたあたりから会話が増えてきてジュリアとしては嬉しい変化だ。

言われることは多少辛辣であっても、それは心配の裏返しだと判る。

「ジニーったら心配してくれていたのね……」

つい感激して、とっくに自分の背を追い越した弟を見上げれば、姉の微笑ましい笑みを浮かべた眼差しにカッと頬を染めながら抗議が返ってきた。

「ちょっと止めろよ、恥ずかしい！」

照れ隠しと判る反応にジュリアの笑いはなかなか収まらない。

「もう、ほら帰るよ！　ちゃんとついてきて」

「あっ、待って、ジニー」

さっさと背を向けつつも、きちんとエスコートをするつもりなのか差し出された弟の腕を取ろうとした時だった。

「ここにいたのか、ジュリア」

背後からかかった若い男性の声に、ハッと振り返った。

名を呼び捨てにする口調から気安さがにじみ出ているが、ジュリアにとってその相手は決して親しい相手ではない。

同じく振り返ったジーニアスもその顔を強ばらせる。呼び止めた相手が、かつての婚約者であったドレイク伯爵家の嫡子、アーネストだったためである。

「ここ最近随分あか抜けてきたじゃないか。男を乗り換えて調子に乗っているのか？」

元婚約者とはいえ令嬢相手にずいぶんな言いようである。

無言のまま抗議する眼差しを向けたが、ジュリアよりもっと判りやすい態度で抗議を示したのはジーニアスだ。

ジュリアを背に庇《かば》うように前に出て、アーネストを睨み付けたからだ。

「なんだ……お前、ジーニアスか？」

「失礼ですが、あなたにそう呼び捨てられるほど親しい関係ではありません。姉も、もうあなたとは無関係です、どうぞ令嬢に対してのマナーをお守りください」

「なっ……お前、誰に向かってそんなことを……」

「今夜、私はサイファス第二皇子殿下から姉のエスコートを任されています。非礼を働く人物には、相手が誰であろうと遠慮しません」

弟が随分と頼もしい。アーネストと顔を合わせた不快感より、弟の成長に喜びを感じてしまうくらいだ。

「大体このようなところで呼び止めるご用件はなんでしょうか？　もう随分と遅い時間ですので、失礼させていただきたいのですが」

ジーニアスの言動には相手に対する明らかな棘がある。

仕方ないこととは言え、貴族の対応としてはあまり良い手段とは言いがたい。

もっとも今の相手はアーネストなので、どんどんやってしまえ、という気分だけれど。

対するアーネストは思わぬ邪魔を受けて、その眉間に深い皺を寄せている。

だが、ジーニアスを避けるように、その後ろにいるジュリアへと声を掛けてきた。

「ジュリア、お前に話がある。こっちへ来い」

「えっ。嫌です、お断りします」

咄嗟に素の声が出た。

どうやらアーネストは断られる可能性を全く考えていなかったらしい。

ジュリアが大人しく従って当然と思っていたらしく、驚いたように目を丸くしている。

婚約破棄を宣言したのはそちらの方だというのに、随分と身勝手だと思うと自然ジュリアの声も険のあるものになる。

「もう私たちは何の関係もないはずです。お互いに他にお相手もおりますし、これ以上関わりを持って、誤解を招いては困りますわ」

「ということなので失礼します。ほら、帰るよ、姉さん」

相手が呆然としている内に、ジーニアスに手を引かれてその夜はそのまま帰宅した。アーネストを置き去りにして。

「話があるって、いまさら何様だよ。なんで大人しくついていくと思ってんの、馬鹿なの、あの男」

馬車の中、不機嫌そうに呟くジーニアスの言葉には全面的に同意したい。

だがあれだけきっぱり断れば、プライドの高いアーネストは二度と接触してこないはず。

ジュリアとしてはそれで終わったものと思っていたのだが、そうではなかったらしい。

翌日になって、今度はシェーンリッチ伯爵邸に手紙が届いたのだ、再びアーネストから。

「……どうしよう。ものすごく読みたくないわ」

届いた手紙を睨み続けて十数分。

ポツリと呟いたジュリアに、侍女のルーシーが控えめながらも正論を口にする。

「ですが読まずに放置して、もし言いがかりなどつけられるようなことになれば、その方が面倒ではありませんか？」

「……そうなのよね。……仕方ないわ」

渋々と封蠟を割り、中から手紙を取り出す。

二つ折りのその手紙を開いて数分後、ジュリアは心底深い溜息を吐いて手紙を放り出す羽目になった。やはりろくなことが書いていなかったのだ。

「お嬢様？　大丈夫ですか」

「大丈夫よ……書くものを用意してくれる？　サイファスに手紙を書くわ」

ジュリアからの手紙を受け取ったサイファスが伯爵邸へ訪れるのは、その翌日のことである。

社交シーズンも間もなく終わりに近づいたここのところ、彼が忙しくしていることを知っている。

事情は国の機密か軍事関係に関わる可能性があるため尋ねるようなことはしていないが、少し前のジュリアだったらそんなサイファスに手間を取らせ、迷惑を掛けることを恐れて、知らせずになんとか自分で解決しようとしたかもしれない。

だが今は、そうすることは所詮独りよがりだと知っている。

サイファスが教えてくれたからだ。何度も繰り返し、ジュリアが大切だからと。自分に関することで迷惑に思うことなどない、だから気になることがあれば相談してくれと。

虐げられてきた期間が長すぎて大事にされることにはまだ慣れてはいないけれど、それでも彼はジュリアが一人で頑張るより頼られる方を歓迎するだろうということくらいは判るようになった。

実際に彼はこうして報せを受けてすぐに来てくれた。

「お前の元婚約者が、いまさら何を言ってきたんだ？」

現時点でサイファスに知らせているのは先日夜会の帰りに少し絡まれたことも含め、アーネストから手紙が届いたことを報せ、その手紙の内容にいささか問題があるから相談したい、という趣旨の内容だ。

応接室のソファにサイファスが深く腰を下ろしたところを見計らって、ジュリアはアーネストからの手紙を差し出す。

それを無言で開いたサイファスは、文面に素早く目を通し……眉間に皺を寄せた。

「……賢い男ではないと思っていたが、あの男はここまで阿呆《あほう》だったのか？」

サイファスの纏う雰囲気が普段よりずっと重く機嫌が悪い。絵として描写するならばその背後には暗雲が立ちこめ、稲光が幾筋も降り注いでいるような有様だ。

「挫折を知らない人なの。幼い頃からご自分の望みは何でも叶《かな》う環境で育ってきたし……あなたのように苦労をしたことも、苦しい経験をしたこともない。多分、婚約破棄の夜にあなたから与えられた屈辱が初めての経験だったんじゃないかしら」

「だから自分から破棄したはずの元婚約者に復縁を求めることも構わないと？」

「あの人は、それが自分に許されると信じているのよ」

そうなのだ。アーネストの手紙に書かれていたことは、ジュリアとの婚約破棄の撤回と、婚約を結び直すことを要求する内容だ。

既に書面でも婚約破棄は正式に成立しているし、ジュリアはサイファスと新たな婚約の約束を交わしていることはもう広く社交界で知られた話だ。

あれほど派手に人前で宣言しておいて、やっぱり復縁しましょう、なんて普通の感覚があればどの面を下げて言うことだ、という話になる。

だがアーネストはそれを恥と思っていないし、サイファスとの婚約をまだ正式に取り交わしてはいないことを理由に、ジュリアと婚約をする優先権はかつて実際に婚約していた自分にあると思い込んでいる。

阿呆と言われても仕方ないくらい、身勝手な言動である。

「どうやらアーネスト様は結局パルシェット男爵令嬢とは上手くいかなかったみたいなの。私と別れて以降、宮廷作法を間違えて恥を掻くことも増えていたみたいで……」

思えばアーネストからありがとう、と言われたことは一度もない。

（……こうして考えると、私、つくづく粗末に扱われていたのね……どうしたらあの人と上手く付き合えるのかと悩んでいたのが馬鹿らしくなってくるくらい）

感覚が、麻痺《まひ》していたのかもしれない。

そうされることがあまりにも日常的になりすぎて。

ある意味、夜会の帰りに置いて行かれる、なんて極端な嫌がらせを受けない限りその事実に目をつむり続けていただろうから、あの夜のアーネストの行動には感謝しなくてはならないのかも、などというふうにすら思う。

そのおかげでサイファスとの繋がりを得ることもできたのだから、どのように転ぶかは本当に判らないものだ。

ジュリアがそんなことを考えていると、サイファスが渋面を作ったまま一言言い捨てた。

「気に入らんな」

それはそうだろう。面白い話ではない。

「ごめんなさい……不快な話を……」

「そうじゃない。確かに気持ちの良い話ではないが、阿呆の復縁要求など退ければそれで済む。俺が気に入らないのは、お前と俺が約束をしていることを知った上でこんな愚かなことを要求できると向こうが判断した理由だ。どんな甘やかされて育った坊やでも、俺が皇子だと知っているだろう」

「それは、もちろん……」

「いくらその存在が皇后に疎まれているといっても、皇族として侮られない程度には力と実績を身につけているつもりだ。まして俺たちの結婚は内々にとはいえ陛下が既に認めている。普通、一貴族の息子が横槍《よこやり》を入れる気になると思うか？」

リスクが高すぎる。サイファスを本気で怒らせれば、ドレイク伯爵家を潰すことは不可能ではない。

たとえその後ろにエヴァンス侯爵家がいたとしても、侯爵家だって軍事力に長けた第二皇子を正面から敵に回す真似などしたくないはず。

「確かに……その通りね。さすがにドレイク伯爵も止めると思うわ」

「それなのにあの阿呆はお前にこんな手紙を堂々と送りつけてくる。ということは、俺を敵に回しても対抗できるだけの後ろ盾がある、ということだ」

「それって……」

「十中八九、抱き込まれたな。多分、これからもっと露骨な真似をしてくるぞ」

誰に、とは言わなくても理解できた。アーネストの後ろにいるのは皇后だ。

サイファスがジュリアを望んでいると知って、その邪魔をするためにかつての婚約者に復縁をけしかけるよう唆したのだろう。

「陛下の許可がある以上、皇后の立場でおおっぴらに俺たちの婚約に反対はできない。だからお前の方から身を引けばとでも考えたんだろう。守ると言っておきながら情けない話だ」

「そんなことないわ。あなたはちゃんとできることをしてくれているもの。それに、最初からその可能性は判っていた。選んだのは私よ」

「俺としては感謝すべきところだが、同時にそんな覚悟をさせてしまうことを恥じ入るばかりだな。……ジュリア」

「なあに？」

ると約束する」

「面倒を掛けるが、少しだけ耐えてくれるか。必ず俺たちの未来に関わらせないようにす

損得勘定がしっかりできる者ならば、ここで身を引くことが正解だと判断するだろう。

皇后がその地位にいる限り、絶対に喧嘩《けんか》を売ってでも買ってもいけない相手だ。

ジュリアの父だって事態が深刻になってくるならば、その前に手を引こうとするかもしれない。でも、いまさらそんな判断なんてジュリアにはできない。

「自慢じゃないけれど、耐えることには結構自信があるの。それに……あなたにはちゃんと責任を取ってもらわないと困ります」

後半の台詞は半分冗談だが、半分は本気だ。だって未婚の令嬢としてはあるまじき行為を彼には許しているのだ。

一線を越えていないとはいえ、そこに至る全てのことを許してしまっている以上、他の男性の許には嫁げない身である。

言外にそう訴えるジュリアに、サイファスの重い雰囲気がフッと和らいだ。

かと思えば途端に濃密な、ある意味別の意味で危険な雰囲気を纏わせて彼の眼差しがこちらを捕らえる。

まるでその視線に、服の上から肌を見透かされているようだ、と感じるくらいに。

「責任はもちろん取るが、俺としてはもっと深い関係になりたいところだな」

「じゅ、充分深い関係でしょう？」

「足りない」

きっぱりと言い切られて否応《いやおう》なく体温が上がる。

んんっ、とわざとらしい咳払いをして、ジュリアはその場を誤魔化すしかなかった。

彼の『もっと露骨な真似をしてくる』という予想が的中したのは、そんな会話をサイファスと交わした数日後のことだ。

ジュリアの元に再び手紙が届いた。今度はアーネストからではない。

混じりけのない純白の封筒に皇后が好むことで有名な薔薇模様があしらわれた一級品の封筒と便せん、そして封蠟の印章。

皇后、リキアから茶会にジュリアを招く、招待状であった。


「このたびはお招きいただき誠にありがとうございます。皇后陛下のご尊顔を拝謁賜る機会を与えていただき、身に余る光栄にございます」

茶会当日……とは言っても招待状が届いた翌日の午後なのだが、既に茶会の会場となった皇后のサロンには随分西に傾いた日差しが差し込んでいた。

あともう三十分もすればその日差しは茜色《あかねいろ》に染まるだろう。

今日は天気が良い。鮮やかな夕焼けの色は、ジュリアの身に纏う淡い小花模様の水色のドレスや、純白の細やかなレースをどのように染めるだろう。

時間がない中でも精一杯整えた化粧も、控えめながらも凝った形で結った茶色の髪に差し込んだ花の髪飾りも、きっと皆同じ色に染め上げられるのだろう。

もう少し早い時間であれば、ジュリアの装いは清楚で慎ましく、かといって皇城に招かれるに相応しい若い娘らしいセンスの良い華やかさが目立っただろうに……指定の時間を三時間もすぎて、お茶会にしては遅すぎる時間にようやく席に通されるのでは、その華やかさもいささかしおれてしまいそうだ。

「突然の招待にも関わらず応じてくれて嬉しいわ」

そう言ってリキアは笑ったが、その言葉を額面通りに受け止めることはできない。

何しろ三時間も放置されたし、茶会と聞いていたのに他に招待客らしき人物はいないし、茶菓子も形ばかりに用意されているだけだ。

もちろん皇后のサロンに相応しく高価な調度品に囲まれた煌びやかな席であることには違いないのだけれど、客人をもてなそうという雰囲気はない。

感じるのは圧だ。どこを向いても豪華絢爛《ごうかけんらん》な部屋の中、立場を弁えぬ娘がのこのこやってきたことに対して、己の身を知れと言わんばかりの。

歓迎されていないことは嫌というほど判っている。

密閉された部屋の中、雲の上の存在と言って良い皇后と二人きり……これは一体どんな拷問だろう。

ドレスの上、握り締めた両手の平は汗でぐっしょりと濡れていた。

皇后リキアは、薔薇、それも深紅の花をそのまま人にしたような女性だった。

これまで一度も陽の光を浴びたことがないと言われても信じてしまいそうなくらい、透き通るような白い肌に、ほっそりとした、けれど凹凸のはっきりとした女性らしい肢体を、コルセットを必要としないシュミーズドレスに包んでいる。

純白の生地に金糸で細やかな刺繍をびっしりと施した、裾に向かうに従って広がっていく柔らかなシルクのドレスと豊かな金色の巻き毛、深い海の色のような青い瞳が合わさって直視するには神々しすぎるほどの美貌だ。

彼女の実子である皇太子が既に二十代後半の年齢であることを考えると、リキア自身もそれ相応の年齢のはずだが、まだ三十代と言われても信じてしまいそうなほどの若々しさを保っている。

そのリキアからは深い花の香りがする。まるで大量の薔薇に囲まれているみたいに。

「どうぞそんなに緊張しないで？　今日は義娘となるかもしれないあなたと一度会ってみたいと思っただけなの」

「お気遣いをいただき、ありがとうございます」

そう答えはしたが、その後どう話を続ければ良いのだろう。

先ほどの、義娘となるかもしれない者と会ってみたかった、などという言葉を素直に信じるほどジュリアもお人好《ひとよ》しではない。

こちらの方から皇后を相手にぺらぺらと話しかけるわけにはいかないし、かといって何かを尋ねられてもうかつに答えるわけにもいかない。

必然的にリキアから話しかけられるまで会話が途絶えてしまうこととなり……居心地が良いとはお世辞にも言えない沈黙がどれほど続いただろうか。

「サイファスが結婚したい令嬢がいると言い出して驚きました。これまでどんな娘と関係を持ってもその場限りとしていたあの子が特定の相手を選ぶなんて信じられなくて」

「……そう、ですか」

そのリキアの言葉にチクリと胸の奥が痛んだのは、過去のサイファスの女性関係を示唆されたことに対しての嫉妬だ。

もちろんジュリアも彼ほどの人がずっと未経験のままだとは思っていない。立派な成人男性だし、あの容姿と身体、色気の持ち主だ。

彼にその気がなかったとしても、女たちの方が放っておかないだろう。

ただ判っていてもあまり知りたい情報ではない。サイファスが過去のことを口にしないのもその必要がないことと、ジュリアへの配慮だと思っている。

表面上は平静を装いながらも、表情が僅かに陰るのを隠しきれないジュリアへとリキアの視線がチラと向く。

今、その視線には確かな棘が感じられた。

自分の言葉に敏感に反応したジュリアが傷ついたことを楽しんでいるのだ。

薔薇のように美しい女性には鋭い棘がある。そうと知らずに近づいて花の蜜を味わおうとした蝶の命を、無残に刺し貫いてしまうように。

「もちろんあの子も皇子ですから、これまでたくさんの縁談があったわ。中には美貌も教養も文句のないほど素晴らしいご令嬢も何人もいたのに、あの子が選んだ令嬢はあなたなのね」

言外に『どうしてお前のような娘を選んだのだろう』と言われているように感じたのも気のせいではない。

なんと答えるべきか迷ったけれど、別段リキアはジュリアの返答など求めてはいないようで、一方的な言葉は続く。

「ねえ、レディ・ジュリア？　私とは血の繋がらぬ皇子とはいえ、陛下の息子であるサイファスを大切に思っているの。あの子には幸せになってほしいし、もちろん我が国の民であるあなたにも幸せになってほしいと思っているわ。でも……サイファスとの結婚はあなたを幸せにしてくれるかしら？」

なんて空々しい言葉だろうと、そう思わずにはいられない。

そう思っていたから、その後に続いたリキアの言葉の意味を一瞬摑み損ねた。

「無理をしなくても良いのよ?」

「えっ?」

思わず不躾《ぶしつけ》にも聞こえる声を漏らしてしまって内心慌てたが、リキアは頓着しない。

ますます笑みを深め、そしてその青い目を細め、静かに続ける。

「無理をしてサイファスの求婚に応えなくても良いと言っているの。陛下はお認めになったようだけれど、だからといって皇子妃は荷が重いでしょう? あなたが望まないのならば断ることもできる。もし断った後のことを心配しているのであれば、私が口添えしてあげるわ」

「私は決して強制されたわけでは……」

「あなた婚約者がいたのでしょう? 若い時はちょっとした出来事が大きなことのように感じてしまうけれど、実際にはささいな問題である場合が多いわ。心配になってその婚約者……ドレイク伯爵令息だったかしら? そちらにも少し話を聞いてみたらやっぱり誤解だというじゃないの」

「…………誤解、ですか」

「ええ。咄嗟に感情的な対応をしてしまったことをドレイク伯爵令息は後悔していたわ。

来年には挙式予定だったというじゃない。あなたは、元の婚約者との方が幸せになれるのではないかと思うのよ」

にこにことリキアは笑ってそう言った。美しく、けれど残酷な感情を宿した瞳で。

恐らくそうだろうと思っていたが、やっぱりアーネストがあんなに堂々と復縁を迫ってくるのは、リキアからの後押しがあったからだろう。

きっとアーネストにもこう言ったのだ。

『私が口添えしてあげるわ』

と、先ほどジュリアにそう言ったように。

どうしよう。なんと答えるべきだろう。

皇后の言葉に肯くわけにはいかない、でも下手に逆らうのも悪手だ。

なんとか穏便に話を逸らすことはできないかとめまぐるしく考えた時だった。

「それに、たとえ皇子妃となったとしてもその地位がいつまでも続くとは限らないでしょう？」

「……それは、どういう……」

「だってあの子、軍人だもの」

軍人だから何だというのだ。リキアの言わんとすべきことが理解できずにおそるおそる視線を上げれば青い瞳と真正面でぶつかった。

思わず顎を引いたジュリアに、リキアはその笑みを深める……ぞっとするくらい美しく、どこか夢を見ているような、毒のある笑みで。

「いつ、どうなるか判らないじゃない？」

ひゅっと吸い込んだ息が喉の奥で引っかかり、詰まるような感覚がした。

きっと今のジュリアは見る間に顔色を青ざめさせていることだろう。

リキアは微笑んでいるだけなのに、なぜかクスクスと彼女の笑う声が頭の中で反響して聞こえる気がする。

確かにサイファスは軍人だ、それも軍を統括する立場の人間である。

軍人である以上、いつその命が損なわれるか判らないのは間違いない。

でも……リキアの言葉には明らかにそれだけではない意味が含まれている。

美しいのにその瞳はゾッとするほど冷たくて、それほどサイファスが憎いのかと一瞬考えたけれど、すぐに気付いた。

今、リキアの憎悪はサイファスではなくジュリア自身に向けられているのではないかと。

（……でもどうして？　私がなぜ憎まれるの？　今日初めてお会いしたのに？　私がサイファスの味方をしているから？）

そうかもしれないし、違うかもしれない。理由は知りようがない。

だが、とぎゅっと両手を握り締めた。

先ほどまでは緊張を堪えるためだったが、今はふつふつと湧き上がる己の感情を堪えるためだ。

確かにサイファスの存在はリキアにとって喜ばしいものではないかもしれない。でもそれは彼のせいではないし、サイファスは自分に与えられた場所で精一杯、彼なりに生きている。どんな立場に立たされても、嫌がらせをされても、腐るでも荒れるでもなく、自分にできることをしているのに。

それをいつ死ぬか判らないだなんて……その死の可能性を笑って口にするだなんて、こんな、馬鹿にした話があるだろうか。

それは人として恥ずべき行為だ。

「……ご心配いただき、ありがとうございます。皇后陛下」

気がつくとジュリアの口は勝手に開いて、勝手に言葉を紡いでいた。

腹が立って、悲しくて、悔しくて、感情がめちゃくちゃだったけれど、それでもジュリアは笑った。先ほどまでリキアが浮かべていた毒のある笑みに負けない、年頃の令嬢らしい華やかで無垢《むく》で、恋しい人のことを思って花開くような笑みを強く意識して。

リキアの意図になど何も気付いていませんよと言わんばかりに。

「ですがご心配には及びません。私は望んでサイファス殿下の求婚をお受けいたしました。皇子妃として足りない部分はこれからしっかりと学び、身につけて参ります。ドレイク伯爵令息との婚約破棄も、今になって振り返る意思はございません」

　リキアの笑みは変わらない。

「皇后陛下のお気遣いに心から感謝申し上げます。サイファス殿下を支えられるように精一杯努めて参ります」

「……そう。私が心配しすぎただけのようで安心したわ。あの子は果報者ね」

……結局最後までリキアは笑みを崩さなかったが、退出間際に閉じる扉の隙間から彼女の険しい横顔と、その手の中の羽根扇がギリギリと軋《きし》んでいた様がはっきりと見えていた。

正直、下手を打ったと思う。あの場では皇后の言葉を否定も肯定もせず曖昧に受け流し、後でサイファスに相談するのが一番賢いやり方だった。

だけど……我慢できなかったのだ、どうしても。

だって彼は、その死を望まれるような人ではないのに。

「ジュリア！」

皇后宮の正面門を抜けたところで突然名を呼ばれて振り返れば、蔓薔薇《つるばら》のアーチの向こうにサイファスがいた。

今日のお茶会のことは知らせていたので、心配して来てくれたのだろう。

「ジュリア？　……おい、どうした。何かひどいことを言われたり、脅されたりしたのか」

サイファスの元へ歩み寄ると、彼が妙に慌てた様子で正面から両肩を摑んでくる。

大丈夫だと言おうとして、ジュリアは言葉より先に自分の両目から溢れ出るものがあることに気付いた。

一度自覚すると、それは後から後からぽろぽろとこぼれ出て、頬を濡らす。

駄目だ、こんなのは。まだこの場には人の目がある、こんな場所で泣いていては何かあったと余計な疑惑を誘ってしまう。

サイファスに迷惑をかけてしまうかもしれない。

そう思った時、ぐいっと肩を引かれて身体が傾いた。

彼の腕に抱き寄せられたのだと理解したのはその数秒後だ。

「初めての皇后陛下との茶会だからな、緊張しても仕方がない。少し休んでいけ」

言いなり、今度は身体が横抱きに抱え上げられて足元が宙に浮く。

突然のことに狼狽えたけれど、抵抗せずに大人しく彼に従ったのはやっぱり人目があるからだ。

……………とはいえ、サイファスに横抱きにされながら、皇城の敷地内を移動するのは、それはそれで顔から火が出るほど恥ずかしくて、ずっと俯いていた。

しばらくしてジュリアが連れて行かれた場所は、以前通されたことのある第二皇子宮ではなく、馬車に乗って移動した先にある軍舎の方だ。

普段彼はできるだけ皇后と物理的な距離を取るために、王都での生活は皇城の外にある軍本部の軍舎に拠点を置いているのだ。

移動にはそれなりの時間が必要であったため、到着した頃にはジュリアの涙も落ち着いてはいたが、乱れた心はそのままだ。

初めて通される軍舎の彼の執務室は、皇子宮より生活感はあるものの華美なものは一切存在しない、実用性を重視した内装で、皇子らしくはないが重厚な雰囲気がサイファスによく似合っている。

部屋の中でもっとも目を惹くのは長い年数を大切に使われ丁寧に磨き上げられて、美しい飴色《あめいろ》に染まったマホガニー製の執務机だろうか。

その傍らにはこれまた大きな本棚があって、棚にびっしりと書籍が詰め込まれている。

それらの本に目を通している彼の姿が容易く想像できて、また涙腺が緩む。そんなジュリアをソファに座らせ、その隣に並んで腰を下ろした後で、サイファスは低く唸るような声で問いかけた。

「皇后に何をされた?」

「……何も……ただ、サイファスと結婚しても幸せにはなれないのでは……いつ……命を、落とすか判らないから……それならアーネスト様とよりを戻した方が良いって言われたわ」

「あの女……やはり余計なことしか言わんな」

ちっ、と強い舌打ちの音が聞こえてくる。彼の表情に怒りが宿ったことを感じ取りながら、ジュリアは隣にいるサイファスの手を握る。

彼がこちらを見たその目を覗き込んで、涙で潤んだ瞳のままに告げた。

「私、あなたと結婚する」

再度滲んだ涙が睫《まつげ》に引っかかる。それを瞬きで散らして、溢れる気持ちのままに訴えた。

「絶対に、あなたと結婚するわ」

「ジュリア」

「早く結婚したいって言うあなたの気持ちが判った。邪魔される前に、早く結婚してしまいましょう。私、あなたがあんなふうに言われるのは絶対嫌だし、あなた以外の人と結婚するのも嫌、あなたといたい、一緒に幸せになりたい、私……！」

感情が高ぶりすぎて必死に気持ちを言い募った。

するとどうしたことだろう、みるみるサイファスの目元に朱が差してくる。

いつも余裕たっぷり、色気たっぷりに迫ってくる彼がそんな顔を赤らめるなんて初めて見た気がして、より近くで覗き込もうとした時だ。

「お前、自分がどれほどの殺し文句を口にしているか判っているか？　人がせっかく我慢してできる限り手順を踏もうとしているのに……！」

　手順を踏もうとしている。その一言には本当ですか、と大いに突っ込みたい気分だったが、どうやら自分が何か悪いことを口にしたらしい。

「……ご、ごめんなさい、迷惑だった……？」

「そんなわけあるか！」

　不安になって、途端に弱気になったジュリアだったが、その問いをサイファスは即座に否定した。

　そして急に真顔になってこちらに向き直る。

「ジュリア。今日はもうここにいろ。泊まっていけ」

「えっ……」

「お前が良いと言うまでは待っていようと思っていた。……だが、先ほどのお前の言葉を聞いたらもう我慢の限界だ。お前が欲しくて堪らない。順序が違うことは判っているが俺のものになってくれないか。……意味は判るな？」

　一瞬の間の後、今度見る間に頬を染めるのはジュリアの方だ。

　意味は、判る。今まで散々きわどい触れ合いをしていても、ジュリアが肯かなければ越えようとしなかった最後の一線を、今夜越えたいと言われているのだと。

「お前の家には俺から報せをやる。外泊をすることで、お前は名実ともに俺以外の誰の元へも行けなくなる」

ジュリアが外泊すれば、当然その意味を家族は知るだろう。

またサイファスが軍舎に令嬢を連れ込んで帰さなかったと知られれば、やっぱり皆そのように受け取る。

約束をしているとはいえ、未婚の令嬢としてもちろん好ましいことではない。

「だが今はそんなことはどうでも良い。お前を抱きたい、俺の妻として。……願いを叶えてはくれないか」

懇願するように手を取られ、その手に額を押し当てられる。

騎士が姫君に忠誠を誓う神聖な姿のようにも見えるサイファスの姿と、その言葉にジュリアは己の胸の内がいっぱいになるのを感じた。

いけないことだとは判っている、二人共に。でも……駄目だと判っていても、抗えない誘惑も存在するということもまた、嫌と言うほど理解してしまった。

その誘惑にジュリアはもう抗うことができそうにない。

だって相手を望んでいるのはこちらも同じなのだから。

「……いるわ」

意識する間もなく言葉は自然とこぼれ出ていた。

「…………あなたのところに……ここにいる」

この判断は間違っているのかもしれないけれど、きっと後悔することはないだろう。

確信しながらジュリアははにかむように笑い、そして彼の手を強く握り返した。

抱くと宣言したサイファスだったが、だからといっていきなりその場で押し倒すような真似はしなかった。

ちょうど夕食時が近くなっていたこともあって、まずは腹ごなしが先だと共に晩餐《ばんさん》の席についてくれたし、入浴する時間も与えてくれた。

さすがに皇子宮の時とは違って女性ものの着替えはないようだったが、逆にそんなものが用意されていたら困惑してしまう。

代わりに貸してもらったサイファスのガウンはジュリアの身体には大きすぎて、まるで服に着られた子どもみたいだ。

だがジュリアのそんな姿をサイファスはいたく気に入ったらしい。

「……いいな。かなりそそられる」

しみじみと呟く彼の言葉に、ジュリアは無言で俯いた。

顔が熱くて恥ずかしくてたまらない。

緊張してまともなことが話せなくなっているジュリアの様子にサイファスは笑うと、

「お前はどうしてそんなに可愛いんだ?」

耳元で囁くように問いかけながらその身を抱き上げた。

「きゃっ⁉」

思わず小さな悲鳴が漏れてしまう。

どう反応したら良いのかも判らずにガチガチに強ばるジュリアを抱えたまま寝室へと移動したサイファスは、その身体に見合う大きな寝台の上にそっと彼女を寝かせるように下ろすと、ゆっくりと顔を近づけてくる。

背後は寝台のシーツ、正面にはサイファスの顔。

身体は彼にのし掛かられ、両脇を腕で囲われて、もう逃げることはできそうにない。

彼の表情はまだ余裕がありそうだけれど、それとは裏腹に金色の瞳からはとっくに余裕など失われているのが判る。

獰猛な獣のようにも、黄金の宝石のようにも見える、匂い立つような色気と共に抗いようのない魅力を放つ瞳を前に、ジュリアは己の口から飛び出しそうな心臓の鼓動を呑み込むようにゴクリと喉を鳴らし、両手をぎこちなく彼のそれぞれの腕に添えた。

それを合図のように、またサイファスが顔を近づける。

だが今度は止まらないまま距離をどんどん詰めて……触れ合う寸前で促されるように目を閉じたジュリアの唇に、彼の唇が重なった。

最初は触れ合うだけの優しいキスだ。

きっと必要以上に怯えさせないように気を遣ってくれているのだろう。

その触れるだけのキスはジュリアの唇から頬、目尻、額、そして再び唇に舞い戻って今度は先ほどよりも強く、そして深く重なってくる。

互いの体温を分け与えるように重なった唇の柔らかさに恍惚としている間に、下唇を軽く食《は》むように歯を立てられて、ぞくっと妖しげな感覚が背筋を駆け抜けた。

僅かに綻んだその隙間から濡れた舌が割り込んでくる。

「ん」

顎を上げるように持ち上げられると、喉を晒すような姿勢になり自然と唇が開く。より大胆に内へと侵入した彼の舌が奥の方で縮こまっていたジュリアの舌を引き摺り出すように吸い、擦り合わせられる。

既に彼にキスを何度も教えられたジュリアの身体は、意識する間もなく従うように彼へと差し出された。

「ん、んんっ……」

「舌を出せ。そう、もっと口を大きく開けろ」

命令するような口調はどうかと思うのに、ちっともそれを嫌だと思わない。

幾度かもがくように両手でサイファスの腕をさすりながら、言われるがままに口を大きく開き、舌を差し出して、ジュリアからも彼の唇へと吸い付くようなキスを重ねる。

気がつくと、いつの間にか彼の頭を抱きかかえるように両腕を回していた。

呼吸を奪い、唾液を啜《すす》り合うような口付けを交わしながら、ジュリアの身は細かく震えていた。

「……震えている。怖いのか」

口付けの合間、サイファスが気遣うような声を掛けてくる。

それに対して返すのは、小さく首を横に振る仕草だ。

もちろん未知の経験に対する怯えは存在する。

また、己の感情に流されて越えてはならない一線を越えようとしている不安や罪悪感があるのも否定できない。

でもジュリアが震えている一番の理由は恐怖ではない。

真っ赤に肌を染めながら、繰り返し吸われて痺れるような舌を懸命に動かし答えた。

「……は、恥ずかしくて……」

そう、一番大きい感情は羞恥だ。もう彼には何度も肌を見られているのに、今初めて裸体を晒すような羞恥心に襲われている。

サイファスはフッと口元を綻ばせるとその大きな手で、ジュリアの首筋から胸、腹へ向かって撫で下ろした。

その身に纏っているガウンの袷《あわせ》を開くように。

「あっ……」

照明を絞っていても、ベッドサイドのランプの灯りでジュリアの姿ははっきりと見える。

ガウンの下に隠した肌は、ドロワーズ以外の下着を何もつけていない。

袷を開かれると橙色《だいだいいろ》の小さな炎の灯りを前に、ジュリアの白い肌が浮かび上がった。

細い首筋も、華奢な鎖骨も、なだらかな腹も、そして横たわっても丸く形を保った二つの乳房とその先端でジュリアの呼吸に合わせて震える乳首も、だ。

両腕で咄嗟に隠そうとしたけれど、できなかった。サイファスが、

「隠すな」

と、そう言いながら耳のすぐ下の首筋に口付けてきたから。

ただ肌に触れられているだけ……それだけのはずなのに、サイファスに触れられるとジュリアはいつも敏感にその感覚を拾ってしまう。

特に今夜はいつもよりもその傾向が強い。

皮膚の薄い首筋に舌を這《は》わせ、吸い付かれると、ぞくぞくっと妖しい刺激が駆け上がって身震いするのを止められない。

サイファスはジュリアの肌に赤い花びらのような痕を残しながら、汗で湿り始めたその手で彼女の肌を辿る。

「あ……ん……っ……」

さわさわと下腹を撫でられた。へその周辺をくるくると指で円を描くように擽られるだけで、呼吸が乱れて腹の内に小さな火種が宿る感覚がする。

「判るか？　お前のこの内側に入るんだ」

「そ、そんなこと……」

意識させられても困る。恥ずかしい。

なのに少し硬く大きな手に撫でられるだけでどうしようもなく気持ち良くて、身体のもっとも深い場所が疼くようにわななく。

それだけで呼吸が乱れてしまうのに、サイファスの手は腹から上へと上がって二つの乳房の間を擦り上げる。

まるで直接心臓の鼓動がその手の平に伝わってしまうような気がして落ち着かないのに、触れる肌の感触と温もりが気持ち良くて仕方ない。

焦らすように胸の輪郭を辿り、柔らかな乳房を寄せ上げながらさわさわと揉まれると、まだ触れられてもいない淡く色づく先端が芯を持ち始めた。

胸の先がチリチリと焼け付くような感覚に、小さく身もだえした。

「ん、ふ……」

どうにもじっとしていられない、不思議な疼きを逃そうと身を揺らすけれど、ジュリアが身体を動かせばそれを利用するように両方の乳房を交互に揉まれて捏ねられてしまう。

どんどん頭に熱が上って、思考がぼやけていくようだ。

呼吸がひどく乱れて少しも落ち着かない。

焦《じ》れったいようなもどかしいような感覚に、もがいた両手が彼の頭から肩へと移動して、シャツのその部分をぎゅうっと握り締めてしまう。

低く笑う息づかいが耳朶に触れた。

「あぅ……」

「見てみろ、ジュリア。お前のここ……随分、可愛らしく自己主張している」

「や、やだ……」

「見ないと触ってやらないぞ?」

からかうような声に半分泣き出したい気分になりながら、恐る恐る閉じていた瞼《まぶた》を開けて視線を胸元へと落とせば、絞るように根元から持ち上げられた乳房がいやらしく男の指に合わせて形を変え、その先端でピンク色の小さな突起が乳輪から盛り上がるようにピンと立ち上がっていた。

ジュリアの真っ白な肌に、サイファスの日に焼けた褐色の肌が妙に映えて見える。

その肌の色の違いがやけに淫らに感じるのはジュリアだけではないはずだ。

思わず目を反らそうとしたけれど、できなかった。サイファスが咎めるようにそこをぎゅうっとつまみ上げたからだ。

「あっ！」

「まだ触ってもいないのに、随分と硬くなっている。お前はてっぺんを擽られるより、側面を擦られたり、舐められたりする方が好きなんだよな？」

「そ、そんなこと……あぁっ！」

否定しようとしても、その親指と人差し指で、すりすりと擦り合わせるように側面を扱かれると、大きく呼吸が揺れて鼻から抜けるような声が上がってしまう。

じんじんと疼く感覚が鋭く灼《や》けるような熱に変わって、胸から背骨を勢いよく駆け巡る愉悦の波に頭を掻きむしりたくなった。

そうしながら乳房の下から腹までを、もう片方の大きな手が撫でさする。彼の手は少しかさついていて、温かくて、肌にしっとり吸い付くようで、ずっと触れていてほしいくらい心地よい。

「気持ちよさそうだな。……良い反応だ」

「だって……本当に気持ち良い……あっ」

カリっと胸のてっぺんを引っかかれて、背中が浮き上がった。

両足の奥、深い場所から何かが溢れ出てくる感覚がある。

その濡れた感覚はサイファスに胸の片方に吸い付かれ、舌先で舐め取るように硬くなった乳首を転がされるたびにどんどんと増してくるようだ。

濡れて貼り付く布の感触に思わず腰を揺らせば、乳房を解放したサイファスの片手が再びと下がり、腹を撫でさすったあとでさらに降りてくる。

腰骨のあたりで引っかかるドロワーズの縁からその下に潜り込んだ手はどんどんと下がり、ジュリアが止める間もなく「そこ」に彼の指が触れた。

「あっ⁉」

どこか焦ったようにジュリアが腰を浮かせる。

しかしその動きは逆にサイファスがより深くまで触りやすくする助けのようなものだ。

もちろんジュリアはそんなことに気付いてはいなかったけれど、ぬるぬると太く長い指が秘裂を上下に擦るように触れてくる。

ただなぞられているだけで、じんわりと広がる確かな愉悦に目の前で光がチカチカと明滅するようだ。

「ひ、あ……っ……ん、んんっ……！」

波のように押し寄せてくる快楽に抗えない。呼吸も鼓動も乱れて息苦しささえあるのに、もったりとした重い快感が腰に纏わり付き、後から後から彼の指を濡らしていく。

「どんどん濡れてくるな……素直でいやらしい、俺好みの身体だ」

「やだぁ……！」

「褒めているんだ、ジュリア。ここはどうだ？」

ゆっくりと上下を擦っていたサイファスの指が、秘裂の上の方を擦る。まるで何かを探すようなそれが、とある一点に触れた時、あまりにも強い刺激にジュリアの腰がビクッと強く跳ね上がった。

「あっ⁉」

ぱちんと小さな何かが弾けたようだった。

思わず腰を逃そうとするけれど、ドロワーズの内側に潜り込んだサイファスの手は容赦なくそこに触れて、ジュリアの濡れ襞をかき回す。

そのたびに、びくびくと腰が痺れるような官能に、小刻みに両足が震えるのを止められない。やがて布の内側からくちゅくちゅと淫らな水音が響き始め、よりいっそうサイファスの指とその場所を濡らした。

「い、いや、その音……っ！」

「そうか？　お前が感じてくれている証拠だ、俺はどんな音楽より美しく聞こえるが」

そんなわけない、耳を塞ぎたくなるくらい淫らな音だ。

粘ついた液体が空気を孕《はら》んで、聞くに堪えない官能的な音を響かせている。

止めてほしいのに、どうしてかその音がより刺激になってジュリアの腰を震わせる。

ひくひくと、深い場所がわななく感覚に喉を晒すように身もだえした時、サイファスは問答無用でジュリアの腰からドロワーズを引き下ろし、足元から抜いてしまう。

一糸まとわぬ姿に羞恥を覚える前に、腰が浮き上がるほど深くに両足を担がれるように大きく広げられていた。

今まで何度かこの場所に触れられてはいたけれど、こうして露わにされたのは初めてだ。猛烈な羞恥に襲われるが、ジュリアが抗議の声を上げるよりも早くに、今度はそこにサイファスの頭が落ちてくる。

彼の黒髪が腿《もも》の内側に触れたと思った時には、そこに食らいつくように口付けられていた。

「えっ、や、ひ、あああああっ⁉」

硬く尖らせた舌先が襞を搔《か》き分《わ》けるように繊細な場所を舐め上げる。

頭の内側を直接殴られるような強烈な快感を前に、ジュリアは折れそうなくらいに背を反らしながら、なすすべもなく叫ぶような嬌声を上げた。

かと思えば敏感な凝った小さな粒を、優しく吸い上げられて息が止まる。

「んっくっ……‼」

腹の中で燻っていた火が一気に炎に膨れ上がったような熱と、信じられないほどの悦楽を前にジュリアの身体はあまりにも無力だ。

「あ、あああ、あんんっ‼」

下肢が燃え上がるような快感に襲われて、大きく腰が幾度も跳ね上がる。

ぶるっと身震いしたそばから、どっと愛液が吹きこぼれてジュリアの腰の下に染みを作った。

ひくりひくりと、女の花園が何かを求めて蠢くのが痛いほどによく判る。

乱れた呼吸が苦しくて、荒い息を繰り返すのに、サイファスは絶頂の余韻がまだ残っている内に再びそこに舌を這わせて吸い上げてくるのだから堪らない。

「や、ああ、待って……！　やだ、こわ、こわい……！」

腰が砕けるかと思うくらいにガクガクと跳ねた。

彼の指が膨らみ顔を出し始めた女の陰核の皮を剝《む》くように露出させて、そこにねっとりと舌を絡めてくると、ジュリアの嬌声はより高くなる。

背筋が折れそうなほどにのけぞって、大して間を置かず二度目の絶頂を駆け上がった。

今自分がどんな姿をしていて、どんな格好をしているのかを気にする余裕もなく乱れさせられたジュリアは、けれど休む暇もなくまた腰を震わせることになる。

どこか苦しげにも聞こえるのに、ジュリアの声には隠しようのない甘さがあって、彼女が感じているのは違和感だけではないことを赤裸々に教えてしまう。

「サイファ、サイファス、あ、あぁっ！」

狭い場所を広げるように、彼の指が沈み、幾度も抜き差しされた。

知らないうちに指の数は二本に増えて、反応の佳《よ》い場所を探すように擦りながら、同時に上体を深く倒し、ジュリアの充血して尖った乳首をしゃぶってくる。

「ジュリア……ジュリア、可愛い……早くお前のここに入りたい」

サイファスの愛撫は性急であり執拗《しつよう》だった。

内側から腹の裏を擦りながら、表では尖った陰核を親指で潰すようにこね上げ、再び頭を下げて膨らみきった陰核に吸い付く。

何度達したか判らないくらいに立て続けに頂点へと押し上げられたジュリアは、己の身体を探りながら壮絶な色気を放つサイファスの満足そうな表情に目を奪われ、そしてまた絶頂へと押し上げられた。

いつしか金色の瞳が自分の肌を舐めるように見つめていると思うだけで、彼女の中は疼き、濡れ、そこにある男の指を食い締めた。

やっとサイファスが、汗で湿った衣服を自身の身体から剝ぎ取るように脱ぎ捨てたのは、ジュリアが指一本動かせない有様で身を投げ出した後である。

艶《なま》めかしい褐色の肌と鍛えられた筋肉で引き締まった男の身体に抱きしめられて、ジュリアは「ああ」と小さな吐息混じりの感嘆の声を漏らす。

改めて膝を立てられても、その足を抱え上げるように大きく広げられても、もはや彼女は抵抗しなかった。

だが、それでも大きく膨らみ天を仰ぐようにそそり立つ男性の象徴を初めて目にした時、乙女の恐怖が蘇る。

「……む、無理、そんなの、入らな……」

それくらいサイファスのそれは大きく、そして凶暴に見えた。

どう考えてもそれが自分の中に収まるとは思えず、力なく首を横に振るジュリアに、今度はできる限り優しく口付けてサイファスは笑う。

「大丈夫だ、ちゃんと入る。そのためにここを解したんだからな」

先端がジュリアの秘口に馴染ませるように押しつけられた。

そのまま二度三度と秘裂の襞に沿って上下に擦り合わせられると、得も言えぬ快感にまたジュリアはぶるっと震える。

「ジュリア……好きだ、ジュリア。お前がほしい」

サイファスのやろうとしていることは容赦なく、粗っぽくも思えるのに、その声が堪らなく甘く婀娜《あだ》めいて聞こえるから質が悪い。

「入れるぞ……いいな？」

それでも最後の許しはきちんと得ようとしているところが妙に義理堅く感じて、ジュリアは細く息を吐き出すと目を閉じ……そして覚悟を決めて肯いた。

彼自身が入り口を割り開いて、沈んできたのはその後だ。

「あ、ああ、あ、あ、あぁっ……！」

正直に言えばやっぱり痛かった。どんなに丁寧に解されていても、狭い場所を拓《ひら》かれるような引き攣《つ》れた痛みに悲鳴を上げたかったし、どんなに我慢しても眉間に深い皺が寄ってしまう。

全身が強ばって、汗が冷えて、痛みに身体が萎縮してしまう。

でも自分の深い場所へとどんどんと押し入ってくる存在は圧倒的で、息が詰まるような圧迫感と違和感の他に僅かばかり快感といえる感覚も混じっていて、ジュリアは懸命にその快感へと集中しながら、浅く、荒く喘いだ。

あんな大きなものが本当に自分の中に入ってくるなんて信じられない。

でもそれは確かに届いてはいけないと思うような場所にまで侵入して、その全てでジュリアの密洞を擦り上げていくような感覚に、全身が細かく震えた。

全てを受け入れるのにどれほどの時間がかかっただろう。

「入ったぞ、ジュリア……」

どこか苦しげなサイファスの声に目を開き、恐る恐る繋がった場所へと目を向ければ、血管が浮き上がって見えた彼の太い肉竿を確かに自分の身体が呑み込んでいる様が見えた。

ひどく淫らな光景にこれは本当に自分の身体に起こっていることなのだろうかと目を疑いたくなるけれど、身体を貫かれている感覚も圧倒的な質量も確かに現実のものだ。

まるで熱した杭《くい》に串刺しにされているようだと思った。

それくらいに彼自身が熱く、太く硬い存在感は圧倒的で、彼が少し身動きしただけで、生々しい振動が伝わって、ビクビクと身体がわななく。

　全身をずっと細かく擽られているような、少しもじっとしていられないむずむずとした感覚に浅い呼吸を繰り返しながら耐えるジュリアの胸に、愛した男と一つになれた喜びが遅れてやってきたのは、彼自身の唇から熱っぽく感じ入った吐息が漏れた時だ。

　じわじわと胸いっぱいに広がる想像以上に深い幸福感に、ハラハラと涙がこぼれ落ちた。

「辛いのか？」

　問われて首を横に振った。そして手で下腹をさする。

「……あなたがここにいるのが判って、嬉しい……」

　心からの言葉だった。

　自分が女に生まれて嬉しいと思ったのはこれが初めてかもしれない。

「お前は……そんなことを言って俺を煽るな……これでも、我慢している……」

　もしここに第三者がいたら、一体どの辺りが我慢しているのだと問いかけただろう。

　だがこれが初めての経験であるジュリアには判らない。

　判らないまま、サイファスに愛を告げる。

「好きよ、サイファス……あなたが好き……」

　この場において、その言葉は諸刃《もろは》の剣のようなものだった。

純粋な愛の言葉はサイファスを喜ばせ、燃え上がらせ、そして強烈に煽《あお》り立てる。

「俺もだ。愛している、ジュリア。絶対に逃がさない……」

離さないではなく、今、逃がさないと言ったか？

僅かな言葉の違いにジュリアが一瞬聞き間違いかと「えっ？」と疑問に感じた時、その視線の先で彼がゆっくりと抜き差しと共に互いの身体を揺すり始めて、途端に何も考えられなくなってしまう。

呑み込んだそれが、ずずず、と表へ引き出される……かと思えば全てが抜ける前に再びぬぷぬぷとジュリアの襞を巻き込むように押し込まれる。

互いの体液を纏い、繊細な粘膜を擦り合わせながら、ゆっくりと己の身体の中を行きつ戻りつする光景は筆舌に尽くしがたいほどに淫猥《いんわい》で、頭の中が羞恥で焼き切れそうになる。

なのに、内壁を擦られ最奥を押し上げられると、ジュリアはただ啼くことしかできなくなるのだ。

「あ、あぁ、あん、んっ、んんっ……は、んんっ」

苦しい。サイファスのそれは、初めて拓かれたばかりの身体にはやっぱり大きすぎる。

でも彼が動くたびにとある場所が刺激されて、圧迫感が次第に快感へとすり替わってくる。

ジュリアの声が甘くなると、その内側もこれまで以上に柔らかく蕩けて、己を貫く雄にうねり、吸い付き、絡みつき始めた。

「は……大分馴染んで柔らかくなってきたな……好きだジュリア……」

低く艶を含んだその声が、余計に腰の奥を疼かせた。

次第にサイファスの動きは速くなり、淫らな水音や肌を打つ音が室内中に響き渡る。

寝台がギシギシと軋む音を上げながら、小柄なジュリアは正面から、横から、そして後ろから様々な体位で貫かれ、高い声を引《ひ》き摺《ず》り出されることとなった。

まるで獣のような交わりだ。

でもジュリアはその全てを受け入れた、それがどれほど恥ずかしい格好でも。

そして喘ぐ。彼の名を呼びながら。

「あ、あん、ふ、んっ……！　サイファス、んんっ！」

ひときわ強く最奥を押し上げられて奥歯を噛みしめた時、ぶるっとまた大きな身震いに襲われた。

片足を持ち上げられ、隙間なく互いが繋がった状態で押し回すように腰を動かされると、彼女の中が切ないくらいに内側の存在を締め上げて、殆ど悲鳴に近い喘ぎがどんどん切羽詰まったものへと変わっていく。

いつしか痛みは消えていた。いや、わずかばかり残ってはいたけれどその痛みも今のジュリアの身体は悦楽へとすり替えてしまう。

身体中《からだじゅう》が性感帯になったみたいに、中を擦られても、肌を探られても、口付けられてもその全てがどうしようもなく気持ち良くて堪らない。

己という人間が一から全て作り替えられていくような快感に、ジュリアはむせび泣きながら幾度目かも判らない頂点へと駆け上がっていく。

サイファスもまた、男に吐精を促すように蠢く女の膣洞にねっとりと絡め取られて、二人は殆ど同時に果てを迎えた。

「あ、あぁぁああっ‼」

「うっ………」

低いうめき声と高い啼き声が重なり、熱い飛沫がジュリアの腹の中へと吐き出される。

大量に注がれたそれは収まりきらず、繋がった隙間からもこぼれ出るほどだ。

激しい絶頂の余韻と不慣れな行為にジュリアは疲れ切って指一本動かせない有様だった。

だが、恐ろしいことにサイファスは一度の吐精では満足できなかったらしい。

「疲れているところ悪いが、俺はまだ終わっていないぞ。かなりお預けにされたからな……一度きりでは止まれない」

その言葉を肯定するように胎内に収まったままの彼のそれが、再びムクムクと力を取り戻す様にジュリアが目を剝く暇もなく、背後から抱きしめられる。

「えっ……あの……ええっ？」

困惑する彼女にサイファスは笑った。例の、あの獰猛な笑みで。

そして再びゆっくりと腰を使い始める。

嘘でしょ、と小さく呟いた彼女の声が、また色めいた喘ぎに変わるのにそう時間はかからない。

ジュリアが軍人であるサイファスと、ただの令嬢でしかない自分との体力の差を思い知らされるのは繰り返し抱かれて気を失うように意識を落とした、その翌朝のことだ。

重怠く軋むような身体の痛みに、低く呻きながら目覚めてしばらく、ジュリアは寝台から降りることができなかった。そんな彼女を、サイファスが甲斐甲斐しく世話を焼く。

もう少し初心者に加減してと、彼が叱られたかどうかは二人だけの秘密である。


二人がともに夜を過ごした、その数日後。

『帝国西部、アドレア地方において内戦が勃発。軍一万を率い、速やかにこの鎮圧にあたれ』

突然サイファスへと下された出征命令は、ジュリアにとっては全く予期していない、初めて味わった幸福にぶちまけられた、冷たい水のようだった。

第五章

サイファスにとって、絶対に背けない命令というものが存在する。

他のことは力業で退けることができたとしても、これに背けば全てを失う。そんな類いのものだ。

このたびの皇帝から下された出征命令は、軍人として身を立ててきた彼にとってその背けないことの一つだ。

命じられれば従わなくてはならない、たとえ向かう先がどれほど遠い僻地《へきち》であっても。

「帝国内で内乱なんて聞いたことがないわ。それに今の季節に出征なんて……」

しばらく留守にしなくてはならなくなったとひとときの別れの挨拶にやってきたサイファスの報せに、ジュリアはそれ以上言葉もなく絶句した。

本当に寝耳に水の話だ。

そんな兆候があれば、それもサイファスが出征しなくてはいけない規模の話なら、噂の一つや二つ聞こえてきてもおかしくはない。そもそも彼が帝都で社交や皇族としての務めを優先しているはずがない。

それに季節はシーズン終了を間近に控え、これから各領地で収穫が始まる。たとえ戦いに勝利したとしても、人は食わずして生きることはできない。どこの国でも田畑を荒らさぬために、また貴重な男手を失わぬために、収穫期は戦を行わないことが暗黙の了解となっているはずだ。

それなのに。

だがジュリアはここで沈黙するサイファスの顔を見て気付いてしまった。彼は全て承知しているという、そんな眼差しをしていたのだ。

「……私が知らなかっただけで、兆候は、あったのね?」

世事に疎い伯爵令嬢と、軍務に携わる皇子とでは掴む情報が全く違うことくらいジュリアだって承知している。

でも何も知らずにただサイファスとの未来ばかり想像していたジュリアにとって、その事実は息が詰まるくらい苦しいものだった。

(そういえばここしばらく彼は忙しそうにしていたじゃない。皇子としての公務や政務、私との結婚の準備が忙しいのだとなんの疑いもなく思っていたけれど……彼の仕事はそれだけではないのに……)

サイファスはそれ以上何も言えなくなったジュリアの身を胸に抱き寄せる。

温かく、広く、逞しいその胸に抱かれて、女として生まれて良かったと初めて実感した夜の幸福を思い出す。自然と溢れそうになる涙を堪えるためにその背に両腕を回すと強く抱き返した。

「俺のいない間、部下を何人か残していく。他にもお前のことはとある人に頼んでいる、そうひどいことにはならないはずだ」

「とある人……？」

「ここで名を口にすることはできないが、多分すぐに判る。目印は、そうだな……これと同じものを持っているはずだ」

手に押しつけられたのは指輪だ。

素材は金で間違いないが、とてもその道の職人が作ったものとは思えない……もっとはっきり言うならば不格好で、かろうじて指輪の形になっているだけの素人の手によるものだと判る。

だけど彼はこの不格好な指輪を鎖に通して首から提げていた。

彼にとって大切なものなのだと判る。

頷きながらも、不安そうな表情が抜けないジュリアに、サイファスはこれから戦場に向かうとは思えないくらい穏やかに微笑むとそっと口付けてきた。

「可愛いジュリア。すぐに戻る、信じて待っていてくれ」

そしてその言葉を残し、彼は軍を率いて帝都を出立していったのである。

「姉さん聞いた？　きな臭い空気が漂ってきたせいか、帝都を離れて領地へ戻る貴族たちが相次いでいる。皇太子殿下が今年のシーズンを数日早めて終了宣言をするよう陛下に進言し、認められたって。今年のシーズンは今日で終わり、締めの舞踏会も中止だってさ」

「……そう」

「父さんや母さんも領地が心配だから、もう帰ろうって話をしている」

道理で屋敷の中が慌ただしいと感じた。

サイファスが出立してからすっかり魂が抜けたみたいに過ごしていたジュリアだけれど、周りのことに全く目が向いていないわけではない。

そう言えば何度か父や継母がやってきて、もの言いたげな様子だった。

気落ちしているジュリアの様子になかなか領地に帰るとは言い出せず、代わりにこうしてジーニアスが伝えに来たのだろう。

「知らせてくれてありがとう、ジニー。でも私はここに残るわ。サイファスがすぐに戻って言っていたの。領地へ帰ってしまったら、出迎えることができないでしょう？」

「姉さん一人を残して帰れるわけがないだろう。それにここで一人残るよりも、領地に帰る方が安全だよ」

　確かに皇后に睨まれている今、サイファスという盾がいなくなった状態で帝都に残ることは危険だろう。

　だが領地に帰ったところで安全になるかというと、ジュリアはそうは思わない。

「そうかしら。領地に戻れば、その分目が届かなくなるわ。人知れず私がいなくなっても、露見するには時間がかかるでしょう。結局危険なのはどちらも変わらないなら、私はできる限りあの人の近くにいたいの」

　深い溜息が聞こえた。

　改めてジーニアスを見れば、やれやれと言わんばかりに肩を竦めている。

「そう言うと思った。なら、ロレイシー伯爵家に行こう。父さんと母さんは領地へ帰らなきゃならないけど、姉さんが残るつもりなら、ロレイシー伯爵が面倒を見てくれるって手紙が届いたんだ。姉さん一人じゃ心配だから、一緒に行く」

　確かにジュリアが残るとしてもたった一人でこの屋敷で生活できるわけではない。

　誰かしら世話をしてくれる人は必要だし、かといって使用人だけでは何かあった時に彼女を守れない。

　サイファスは約束通り部下を数人護衛に付けてくれているけれど、あくまで軍人は国に所属する以上彼個人の私的な問題で大人数を動員できるわけではないから、充分とは言いがたい。どうしたってジュリアを守ってくれる保護者が必要だ。

そういう意味で、祖父が名乗りを上げてくれたことは素直に嬉しい。

「……でも、ロレイシーの家はあなたにとって、居心地が悪いのではない？」

ジュリアと違ってジーニアスと祖父はまったく血のつながりのない他人だ。

娘の夫の再婚相手の子を露骨に邪険にする真似は祖父もしないけれど、お互いに遠慮と心の隔たりがあるのは否めなく、これまでに何度か顔を合わせたことがあってもぎこちない関係のままだったはずである。

「そんなことを気にしたって仕方ないでしょう。それに、殿下から頼まれているんだよ。自分がいない間は姉さんのことを頼むって」

「……そうだったの。……ありがとう、ジニー。あなたがいてくれるなら心強いわ」

心からそう思って告げれば、ジーニアスは素っ気なく肯くとそっぽを向いた。

つれない反応だがその目元がうっすらと赤いから、きっと照れ隠しなのだろう。

愛する人ができたことも幸せだけれど、心配してくれる家族がいることも幸せだ。

以前のジュリアは、これから先の自分の未来の不安や現状の不満ばかりでそんなことにも気付けていなかった。

サイファスには本当に感謝するばかりである。

だからこそ彼が無事に帰ってくる時を待ちたいし、出迎えたい。

「そうと決まったら早く支度して。もうあんまり時間がないよ」

その後ジュリアはこれまで無気力に過ごしていた己を恥じるように、ルーシーや他の侍女たちの手を借りて自身の荷物を纏めた。

ロレイシー伯爵からは必要な物は二人分揃えるから身一つできてくれて構わないと連絡があったので、結果的に二人は必要最低限の荷物を纏めるだけで済んだ。

「それではお父様、お義母様、しばらく離ればなれになりますがどうぞお元気で。まさかとは思いますが、身の回りには充分ご注意ください」

「ああ、判っているよ。お前たちも気をつけて。ジーニアス、ジュリアを頼むぞ」

「父さんと母さんも、またね」

ロレイシー伯爵家へ移ると決めて三日後、ジュリアとジーニアスの二人は領地に戻る両親より一足先に出発した。

目的の祖父の屋敷は帝都の西部にある。

貴族の屋敷が立ち並ぶ高級住宅街からは少し外れているが、不便と言うほどの距離ではなく、むしろ騒がしい喧噪《けんそう》からは少し距離があり、護衛も置きやすいという立地条件だ。

その分、シェーンリッチ伯爵家からは一時間ほど馬車で揺られる必要がある。

ジーニアスと向かい合わせに座りながら、これまでのことを考えた。

今年の春、社交シーズンの開始に合わせて帝都に来た時は、着々と近づく婚礼の日を想像してジュリアの心はひたすらに重たかった。

あの憂鬱な気分で帝都に入ってからまだ半年も経《た》っていない……にもかかわらず、自分の立場もその状況も随分様変わりした。

今のジュリアは未来に対して不安より期待の方が大きく、その将来を共にする人のことを考えて気持ちは塞ぐどころかどこまでも浮き立つばかりだ。

（まだ彼を見送って一週間くらいしかすぎていないのに……）

あの夜、サイファスがジュリアの肌に咲かせた鬱血の花は、もう消えてしまった。

痕を残された時にはどうやってこれを誤魔化そうと考えていたのに、いざ消えてしまうと寂しくて仕方ない。

早く彼に会いたい。無事な姿を見たい。誰にも邪魔されずに、愛しい人とすごしたい。

恋に夢も憧れも持っていないはずだったのに、今の自分は心も身体も根こそぎ奪われるほど魅力的で愛しい男のことばかり考えている。

今どこにいるだろう。無事だろうか。

困ったことに陥っていないだろうか。

はあ、と堪らず小さな吐息混じりの溜息を吐き出した時だ。

「姉さん。なんだか様子がおかしい」

「えっ？」

窓の外に視線を投げていたジーニアスの硬い声に、ジュリアもまた外を覗き込もうとカーテンを除《よ》け窓の外へ目を向けて気付いた。

サイファスが付けてくれたはずの護衛がいない。

父が同行させてくれた使用人たちの姿もない。

自分とジーニアスを乗せた馬車だけが、見覚えのない場所をひた走っている。

「おい、止まれ！　他の皆はどうした、どこへ向かっている⁉」

御者台に向かってジーニアスが声を上げるも、その制止に従う気配はなかった。

逆に馬車はぐんと速度を上げて、舗装の途切れた荒れた道を突き進み始める。

突然揺れの強くなった馬車の中で、二人の身体は右に左にと大きく揺れた。

座席から転げ落ちそうになったところをジーニアスが腕を伸ばし庇うように抱き込んでくれたためジュリアは無事だったが、間近でガツンと何か硬いものにぶつかる音と、僅かなうめき声が聞こえた。

ジーニアスがどこかにぶつかったのだと思ったが、顔を上げて確かめる余裕もない。

そのまま荒っぽい馬車の中でどれほど身を竦ませていただろう。

やっと馬車が停まった時、二人はすっかりと馬車の揺れで酔い、強烈な吐き気と気分の悪さに顔色を真っ青に染めていた。

ガチャリと外側から無造作に馬車の扉が開いたのはその時だ。

「降りろ」

具合の悪さを堪えて目を向けた先にいる人の姿に、自然と眉間に皺が寄った。

「……アーネスト様」

「ひどい姿だな、ジュリア。私に従わないからそのようなことになるんだ」

確かに今のジュリアはひどい有様だろう。馬車の中で振り回されて、整えていた髪も、訪問用のブルーグレーのドレスもすっかり乱れてしまっている。

まるで暴漢に襲われた後のような有様だ。

しかしジュリアより弟の方がひどい。先ほど硬いものにぶつかった音がしたが、どうやら大きく振られた時に内壁に頭をぶつけてしまったのだろう。

ジーニアスの手をどかして確認すれば、大きなこぶになっていた。

「ごめんなさい、ジニー、大丈夫？　お医者様を……」

「大丈夫だよ、これくらい。第一医者なんて、この男が呼んでくれるわけないだろう」

じろりとジーニアスに睨まれて、アーネストは不快気に眉を顰めた。

今度はジュリアの方がアーネストへ向き直る。

「これはどのような状況なのかご説明いただけますか？　あなたがここにいるということは、この出来事はあなたの仕業だと考えて良いのですよね？」

「随分と偉そうな口を利くようになったな、ジュリア。いつもおどおどと陰気くさく私の後ろに付き従うだけだったくせに」

「……私の姿があなたの目にそう見えたのなら、それはあなたがそうあるよう望んだ結果のことです。どうこう言われる覚えはありません」

気丈に言い返したジュリアへと、無言でアーネストが手を振り上げた。

問答無用でふるわれる暴力への恐怖に瞬間身を縮こまらせたが、強い打擲《ちょうちゃく》音が聞こえても殴られる衝撃は襲っては来ず、代わりにすぐ近くで何かが倒れる振動が伝わってくる。

恐る恐る目を開ければ、馬車の座席に身を投げ出すようにジーニアスが蹲《うずくま》っていた。

チラリと見えた弟の頬が赤く腫れ上がっている。

「ジニー！　なんてことをするの！」

自分の代わりに弟が殴られたのだと理解して腰を浮かしかけたが、それよりも乱暴に腕を摑まれ、馬車から引きずり下ろされる方が先だった。

姿勢も整わずに引きずられたことで、まともにタラップを踏むこともできずに足をもつれさせ、最後の段を踏み外して地面に倒れ込んでしまう。

「うっ……」

強かに身を打ち付けて痛みに顔を顰めた。なんとか身を起こしたが、ぐしゃぐしゃに乱れてもつれた髪が肩に落ちかかり、土埃《つちぼこり》だらけに汚れた己の姿にひどく惨めな気分になる。

悔しさと痛みで視界が滲《にじ》みそうになるのを堪え、馬車の弟の方を振り返ろうとしたけれど、背後からアーネストに抱きすくめるように拘束されて身動きが取れなくなる。

咄嗟に振りほどこうとしたが、同じく馬車から引き摺《す》り出されたジーニアスへと、アーネストの部下と思われる男がナイフを向けている様を見て息が止まった。

そのナイフの切っ先はまっすぐに弟の目を狙っていたからだ。

「騒いだり暴れたりするなよ、判るなジュリア？　可愛い弟が隻眼になる姿を見たくはないよな？」

「……こんな……」

思わず絶句する。ジーニアスも抵抗しようとしたが、そのナイフが眼前に近づくとやはり恐怖が勝るのか、強ばった顔のまま動けなくなってしまった。

ジュリアの耳元に、アーネストが囁いた。

「もう一度婚約の誓約書にサインをしろ。そして予定通り、お前は来年私と婚礼を挙げて妻となるんだ」

「……どうして、私に拘るの。先に婚約破棄を宣言したのはあなたの方じゃない……！」

そうだ、全てはアーネストが選んだことだ。それなのに。

「父上と侯爵がお怒りなんだよ。このままでは私は廃嫡されてしまう」

「そんなのは私に関係ないわ。あなたの自業自得でしょう？」

言った直後、ギリッと抱きすくめる腕に力を込められて息を詰まらせた。

容赦なく締め付けられて身体が痛い。

「悪いのはお前だろう？　私の目を盗んであの出来損ないの皇子と密会するのは楽しかったか？　お前が己の否を認めて、あの場で頭を下げれば許してやろうと思っていたのに」

つまりはあの衆人環視の中で婚約破棄を宣言した時に、捨てないでくれと縋り付かせるつもりだったのだろうか。

そんなことをさせて何になるのだろう、単なる憂さ晴らし？　支配欲？　顕示欲？　もっと他に何かある？

どんな理由があるにせよ、ジュリアには理解も共感もできないに違いない。

アーネストは再び無造作にジュリアの腕を掴むと、引き摺り立たせた。

抗いたかったが、ジーニアスに向けられたナイフの存在を思うと派手な抵抗もできず、できたとしても男の力に敵うわけがない。

どうやら馬車が止まったのは郊外の路地裏にひっそりと佇む宿のようだ。

見るからにまっとうな旅人が泊まる宿には見えない。

その証拠に手荒に若い娘が中に引きずり込まれても、誰も止める者はいない。

宿には他に客の姿はなく、ただ人相の悪い男が一人カウンターに座っている。

その目は冷たい……まるでこんなことは日常茶飯事だと言わんばかりに。

既に部屋は押さえてあるのか、アーネストはそのまま二階へとジュリアを引きずった。

ここまでくればジュリアだって彼が何を目的としているのかくらい想像がつく、既に何も知らない乙女の身でないのならなおさらだ。

「離して！」

「煩い、黙れ」

やがてアーネストは廊下の突き当たりの部屋に辿り着くと乱暴に扉を開けて、中にジュリアを放り込んだ。

共に部屋に入った後は後ろ手に鍵をかけてしまう。

狭い室内に存在するのは薄汚れた寝台と、木製の椅子に小さなテーブルがそれぞれ一つずつ。灯りとなる類いのものはなく、きっと必要ならば別に金を払って宿から借りる必要があるのだろう。

以前読んだ冒険記にそんなことが書いてあった……今この場ではどうでも良いことを思い出し、気を散らそうとするが、ガタガタと否応なく震えてくる身体を止められない。

「こ、こんなところで何を……」

「何を？　何も知らないふりをするな、どうせあの皇子にとっくに散々好き勝手に抱かれているんだろう？　このあばずれが」

あばずれ。その一言にジュリアの思考が固まる。

確かに淑女としてあるまじき行為だという自覚はある。

だが望んでサイファスに抱かれたのは自分だし、ジュリアにとって今まで経験したことがないくらい幸せなひとときだった。

こんな男に貶されたくはない。

「そんなことを言える資格があなたにありますか。先に不貞を働いたのはどちらです？」

「煩いな。ああ、お前は本当に煩い」

煩わしげにアーネストはその顔を大きく歪め、再び無造作にジュリアの胸ぐらを掴んだ。

逃げたくても逃げ場はなく、抗う力も足りず、その身は容易く寝台の上に引き摺り上げられる。

サイファスに比べればアーネストなど軟弱そのものだが、それでも男女の力の差は歴然としていて、どんなに頑張っても力業には敵わない。

「いいか。私だって本当はこんなことは不本意なんだ。誰が他人の使い古した女を妻になどしたいものか。それもこんな口煩くて、つまらない女を」

屈辱に涙が滲んだ。克服したつもりでも、古傷を抉られればやはり痛い。

「だがお前と結婚せねば私はその立場を失う。使い古しだろうがなんだろうがお前には最低でも二人は子を産ませなくてはならない。少しでも早く済ませてほしいなら大人しく足を開け。まあお前相手にその気になれる自信はないから、そこに至るまでには充分に奉仕してもらわねばならんだろうがな」

なんて下品な男だろう。

こんな男の子を産む可能性なんて僅かでも考えたくはない。

「……私に手を出すと困るのはあなたの方でしょう？　あなたがどれほど見下そうと、サイファスは皇子よ。こんなことを知れば彼は絶対に黙っていない」

「あいにくと私には強い後ろ盾がある。そんな言葉は怖くないんだよ」

「……それは皇后陛下のこと？」

アーネストは答えなかった。だがその目が笑ったことで答えたも同然だ。

きっとアーネストはジュリアを抱いた後、その事実を公表して、既成事実を理由にサイファスから自分を奪い取るつもりだろう。

サイファスはアーネストより先にジュリアと関係があるのは自分だという主張はできない。そんなことをすればジュリアは婚前にもかかわらず二人の男に身体を開いた女として社会的に破滅する。

結果的に公言するのはアーネストのみとなり、ジュリアは彼の元へ嫁がねばならなくなる……と、考えているらしい。

だがジュリアとサイファスの結婚は皇帝も認めている。

彼の行いは皇帝に認められた皇子の結婚を妨害したことになる。

ただでは済まない、それこそ伯爵家の爵位と領地を取り上げられるくらいの暴挙だ。

しかし仮にそうなったとしても、リキアはアーネストを助けることはないだろう。アーネストが縋ったとしても知らぬ存ぜぬと言い逃れをして、最終的には全て彼に被《かぶ》せて背を背ける。

きっとアーネストは何も知らない。

皇后にも教えられていないに違いない。

アーネストの行いは一族を道連れにした破滅への道を進むようなものなのに、そんなことにも気付かないなんて哀れな男だと感じた。

だが、このまま抱かれれば破滅するのはジュリアも同じである。

たとえサイファスは理解してくれても、もちろん彼と結婚はできなくなるし、今度こそ修道院へ入り、神に身を捧げるより他ない。

だが抵抗すれば、ジーニアスはどうなる？

絶体絶命の状況の中で、素早く腹を括ったジュリアは鋭くアーネストを睨み付けた。

「……もし私にこれ以上触れるつもりなら、あなたを破滅させるわ。弟を人質にされたことも、その上で乱暴されたことも、今あなたが口にしたこと全てを公表する。私も社会的に抹殺されるでしょうけれど、あなたも、あなたの家族も全部道連れにしてあげる」

「な……」

「少し強く言えば今までみたいに私が大人しく従うなんて思わないで。サイファスを侮辱し、弟に危害を加えたあなたを私は絶対に許さないから」

「このっ……‼」

ジュリアから思いがけない反撃を受けて、アーネストがワナワナと全身を震わせ始めた。

みるみるその顔が怒りの形相に変わっていくさまを見つめながら、ジュリアはどこか冷静に「もしかしたらここで殺されるかもしれない」と考えていた。

そう思うと頭に浮かぶのは両親や弟、祖父、そしてサイファスの顔だ。

絶対に死ねない。かといって大人しく従って彼の妻になるなどもっと嫌だ。

どうすればここから逃げられるのか。いっそ、相手の油断を誘って力一杯蹴り上げる？

アーネストに寝台に押さえつけられ、その首に手を掛けられた時だ。

「はい、そこまで。二人ともそのまま動かないで」

やけに穏やかに聞こえる声が割って入り、ぎょっとした。

気がつくと、アーネストが鍵を掛けたはずの扉が開かれ、その向こうに一人の青年が立っていた。

一見、平凡な旅人のようにカーキ色のフード付きコートを被っているが、背は高く、どちらかというと体格は華奢だが……もっともサイファスで見慣れたジュリアの目には彼より細身の人は皆華奢に見えるのだが、それでもしっかりと鍛えた身体の持ち主だ。

「だ、誰だ！」

アーネストの誰何に応じるように青年が被っていたフードを跳ね上げると、見事な金色の髪と海のように深い青い瞳、そしてその顔立ちが露わになる。

その途端、言われるまでもなくジュリアとアーネストの二人が身を強ばらせて静止した。

青年の顔に、確かに見覚えがあったからだ。

「ドレイク伯爵の息子、アーネスト。その手を引いて彼女から離れなさい」

声音こそ穏やかなのに抗えない威厳を感じたのか、アーネストはぎこちなくジュリアの首にかけた手を外し、じりじりと後退《あとずさ》る。

まるで仕掛け人形のようにぎこちない動きだ。

続いて青年はジュリアにも声を掛けてくる。

「怪我はないか？　心配せずともあなたの弟君は保護している、安心しなさい」

「……あ、あなたは……皇太子殿下……」

そう、その青年は確かにこの国の皇太子であり、サイファスの異母兄である第一皇子のエレファンだ。

その金色の髪も青い瞳も、けぶるように美しい容姿も全て彼の母である皇后リキアによく似ている。

通常は助けが入ったと安堵できるのだろうけれど、ジュリアはまだ警戒心を解くことができない。

だっておかしいではないか、どうして皇太子がこんなところにいるのだ。

偶然であるはずがない。

彼はアーネストの行動を知っていて、ここに来た。何のために？

リキアとは別の意味でサイファスを邪魔だと考えるものがいるのなら、それはこのエレファンではないだろうか？

サイファスとエレファンの仲が悪いと聞いたことはないけれど……この状況だからどうしたって最悪のことを考えてしまう。

一方で突然の割り込みに驚きながらも、ホッとしたように肩の力を抜いたのはアーネストの方だ。きっとジュリアと同じ思考で、アーネストはエレファンを自分の味方だと判断したらしい。

二人の反応をそれぞれに見やって、エレファンは含みのある笑みを浮かべる。

「なるほど。よく判った」

何を判ったというのか。

「皇太子殿下。お見苦しいところをお見せして申し訳ございません。どうか今少しお待ちください、すぐに済ませますから……」

たった今、その皇太子に邪魔されたことは忘れて媚《こ》びへつらいながら機嫌を取るようにアーネストは笑った。

だがその手が再びジュリアへと伸びるより早くに、エレファンの背後から現れた男たちが次々と室内に踏み込んできて、アーネストの身柄を押さえてしまう。

その男たちはサイファスが自分の護衛にと付けて、でもどこかではぐれてしまったはずの護衛兵ではないか？

呆然とするジュリアに歩み寄ったエレファンが、その胸元から鎖に下がったとあるものを見せてくる……それには確かに見覚えがあった。

小さくて、不格好な金の指輪。そっくり同じものを、サイファスにも見せてもらった。

「これはね、子どもの頃、弟と一緒に自分たちで作ったものなんだ。弟と何か行動を共にしたのはその一度きりだったけれど、できあがったものを交換して私たちは誓い合った。必ず、この帝国を良きものにしようと……判ったかな？　賢きご令嬢」

問われて肯く。そこでやっとジュリアは身体から力を抜くことができた……リキアの息子であったとしても、エレファンはサイファスが信頼する味方だと理解したから。

「な、なんですか、殿下、どうか今すぐ解放するよう命じてください！」

状況が判っていないのはアーネストの方である。

そんなアーネストに、皇子は言った。

「安心しろ、別に今すぐどうにかしようとしているわけではない。貴殿には頼みたいことがあるからな」

「な、なんでしょう、どうぞなんなりと……」

「あなたのこの暴挙は母の命令だと証言してほしい。それだけでなく裏でいくつかの不正にも関わっているのだろう？　例えば西部の内乱とか」

「な……」

「そのあたりの証拠も提出してほしいな。そして法廷ですべて、つまびらかに証言してくれ。得意だろう、衆人環視の前でその声を張り上げることは」

エレファンの要求は完全にアーネストの想像の外にあったらしく、信じられないとばかりに間抜けな顔で絶句した。

「そうすれば、情状酌量として少しくらいの手心は加えてやる。嫌なら嫌で別に構わない。あなたの処遇については我が弟の手に委ねることにしよう。弟は大の男でも三分あれば泣かせる手段をいくらでも知っているらしいから、その手際を眺めるのも楽しそうだ」

酷薄な笑みを浮かべてみせると、本当にリキアによく似ている。

「……あ、あなたは、皇后陛下の……お母上のお味方ではないのですか……」

エレファンは微笑んだ。今度はどことなくサイファスを想像させるような笑みで。

はっきりと言葉にはしなかったが、その笑みを見れば答えは判る。

項垂《うなだ》れたアーネストはそのまま室外へと引き摺り出され、ジュリアの目前にはエレファンの手が差し伸べられた。

一瞬だけ躊躇って、その手を取った。そして非の付けどころのない優雅なエスコートを受けて、急に恥ずかしくなる。

今の自分の姿があまりにもひどすぎて。

「見苦しい姿を……」

「いいや。本当ならもっと早くに割って入れば良かったのだが、母が関与していることをあの男が口にするのを待っていて遅れてしまった。だがおかげであなたの覚悟が知れて良かった。弟は正しく伴侶を選んだのだと判って安心したよ」

エレファンにエスコートされたまま外へ出れば、ジーニアスが護衛兵の一人と共に待っていた。

「姉さん！」

「ジニー！　無事だった？　ああ良かった……！」

「何言っているんだ、姉さんの方こそどこも怪我をしていないのか⁉」

普段は素っ気ない言動が多い弟だけど、先ほどは身を挺《てい》して庇ってくれたし、今も外に出てきたジュリアの姿に真っ先に駆け寄って、思わずといった様子で抱きしめてくれた。

抱き合った弟の背を抱き返しながらホッとする。

思うよりもずっと心優しい少年に育ってくれていたらしい。

「麗しい姉弟愛に水を差すようで気が引けるが、二人とももう少し私に付き合ってもらえないか？　一緒に皇城まで出向いてほしい。サイファスも、既にそちらにいるはずだ」

「……サイファス殿下が……？　もう出征からお帰りになったのですか？」

「いや、帰ったというか、元々向かっていなかったというか……」

目を丸くするジュリアに、この時少しばかりエレファンの歯切れが鈍った。

「どういうことですか」

代わりに鋭く切り込んだのはジーニアスである。皇太子に対して失礼になると慌てて弟を諫《いさ》めようとしたジュリアだったが、エレファンは苦笑するように肩を竦めてみせると、二人に告げた。

「とにかく馬車に乗って。道中で説明できることは説明しよう」

状況を知るためにも、今はエレファンに従うしかなさそうだ。

もとよりサイファスが信頼している相手であれば、ジュリアが疑う理由はないし、彼が皇城にいるというのならば一刻も早く会いたい。

ジーニアスと共に、その場に残されていたシェーンリッチ家の馬車へと再び乗り込む。

同じ馬車にエレファンも同乗すると、馬車は少し前の暴走が嘘のように静かに動き出した。

ちなみに最初に手綱を握っていた御者はアーネストと共に身柄を拘束されたようで、今は護衛兵の一人が御者台に座っている。

そう言えばあの御者は少し前から金に困っているという噂を聞いたことがある。

それを理由にアーネストに買収されたのだろうかと考えたが、今は他にもっと優先して考えなくてはならないことがある。

改まってエレファンを見つめると、ジュリアのまっすぐな視線を受けて彼は答えた。

「まず最初にこれは伝えておこう。今回私はあなたを囮《おとり》として使った。それにより短時間で簡単に成果が出せると判断したからだ。だが、この手段は私の独断で行ったことで、弟の関与しないことだ。弟があなたを危険にさらすことに同意していないことは、理解してほしい」

「はい……」

「じゃあ、説明をしようか。何から言えば良いかな。元々の始まりは、私の母が皇帝に恋をしたこと。けれどその恋をした相手の心は決して手に入らず……代わりに、若かりし頃の皇帝に良く似た血の繋がらない息子を望むようになったことかな」

「えっ……」

思いがけないエレファンの言葉に絶句するジュリアに、彼の言葉は続いた。

なぜ自分がここにいるのか、どうして出征したはずのサイファスが今皇城にいるのか、そして何を目的としているのかを。

サイファスが突然皇后宮に踏み込んできた時、リキアはまるで亡霊でも見るかのような眼差しでこちらを見上げてきた。

皇后宮へ兵を率いて押し入るなど、これまでの帝国の歴史の中でも類を見ないが、リキアが驚いた理由は戦場へ出向いたはずのサイファスがここにいることだろう。

無理もない。サイファスを皇城から……もっと正確に言うならば、わざわざ内乱を扇動してまで帝都から遠ざけたのだ。

それを証明するように彼女は「何事か」と問《と》い質《ただ》すよりもこう口にしたのだ。

「……な、なぜお前が……！」

「折角邪魔な俺を遠ざけたというのに、期待に添えず悪いな」

普段、サイファスはどれほど粗雑に扱われようとリキアには一定の敬意を払う言動は崩さなかった。たとえそれが見せかけだけのものだとしてもだ。

しかし今の彼はその見せかけの態度さえしていない。

ぞんざいにリキアに話しかける姿はまるで身分などお構いなしの気安さであるし、同時にその金の瞳に宿るのは明らかな軽蔑だった。

「この無礼者……！　誰かこの無礼者を捕らえよ、今すぐに！」

「残念だがこの皇后宮は既に俺が制圧している」

「このようなこと……陛下が許すと思うのか！」

「その皇帝陛下があなたの捕縛を俺に許可したんだ」

「な」

短い一声を押し出して、リキアは驚愕《きょうがく》に目を見開いたまま黙り込んだ。

まるで自分の状況が理解できない。そう言わんばかりの顔を見れば、こうなることを全く予測していなかったのだと知れる。

これが母と自分を長きに渡って虐げた女の末路かと思うと、いっそ哀れだなとサイファスは思う。

かつて皇后リキアは優れた教養を持つ誇り高い女性だと言っていたのは誰だったか。

けれど今のリキアにその面影はどこにもない。

彼女は全て捨ててしまったのだ。格下だと信じていた女に恋い慕った夫が目移りをした時に？

いいや違う。リキアもその程度のことは覚悟していた。だから側妃の子であるサイファスを幼い頃に軍に放り込むことはしても、それ以上のことはしなかった。

目の前から消えてくれれば、そして皇子としての格を下げればきっとそれで良かったはずなのだ。

だが……彼女が本当の意味で道を誤ったのは、一昨年の長く続いた国境での戦が終結し、サイファスが凱旋を果たした時だっただろうか。

自分を見た時のリキアの瞳を嫌というほどはっきりと覚えている。

汚らわしい獣の子を見るような眼差しだったリキアの瞳に、一瞬にして激しい欲望が宿ったこと。彼女がサイファスに重ねて、愛しい男の姿を見ていたことを。

今のサイファスは、若かりし頃の皇帝に良く似ている。

肖像画を並べてみれば同一人物と思うくらいにそっくりだ。

成長した彼の姿にリキアはその事実に気付き、そして決して本当の意味では得ることのできなかった愛しい男を求めるように、サイファスに絡み始めたのである。

リキアの前に出るとサイファスはいつも、見えない手で身体中を撫で回されているような不快極まりない感情を押し殺すのに苦労した。

今年に入ってからは皇帝の命で皇子としての役目も果たすようにと命じられて、社交や数々の行事、式典に出席するようになって逃げ場を失った。

複雑な宮廷作法でサイファスを苦しめたのも、彼が音を上げて自分の許へ助けを求めることを期待していたのだろう。

その見返りとして何を求められたか判ったものではない。

しかしあのままでは、サイファスは選択肢の一つとしてその可能性を考えなくてはならなかった。

想像するだけで吐き気がする。じわじわと真綿で締め付けるような嫌がらせだけならば我慢できたけれど、どうにもあの粘つき絡みつく視線には、随分と精神を削られた。

だからジュリアアには本当に助けられたのだ。皇子として以前に、サイファスという一人の男の尊厳も守ってくれたのだから。

リキアもそれで諦めてくれれば良かったものを、諦めきれずに彼女は一線を越えた。皇后として一番守らなくてはならなかった民を巻き込んだのだ、故意に内乱を起こすことによって。

「あなたが西部の内乱に関わった証拠も既に陛下と司法に提出済みだ。あなたはやりすぎたんだよ、皇后陛下……いや、元皇后陛下と言うべきか？」

なんのために？

全ては自分を、非合法に手に入れるために。

決して自由にはならない、皇帝の身代わりとして。

「捕らえろ。皇后だからと加減する必要はない」

「サイファス！」

近衛に押さえつけられながら、リキアがその名を叫んだ。

思えばまともに名を呼ばれたのはこれで何度目だろう。

考えると笑ってしまった。

リキアに名を呼ばれるより、ジュリアに呼ばれる方がずっと心地よい。

ただ名を呼ばれるだけ。それだけのことなのに、相手への心があるかないかでこんなにも違う。

冷ややかな眼差しを向けるサイファスに、リキアはきつく眉間に皺を寄せると、胸に秘めていた思いを吐露するように叫び出した。

「どうして……どうして、私がこんな思いをしなくてはならないの！　私があの女のどこに劣っているの……！」

「その問いは皇帝陛下に向けてくれ」

悲痛なその叫びに対するサイファスの返答はごく短い。

何も特別なことはない、当たり前の事実を返しただけなのに、リキアは大いなる秘密を暴露されて衝撃を受けたような顔をしている。

「あなたと陛下との間にどのようなことがあったのか、俺には判らん。だがあなたが父から得られなかったものを、似ているからという理由だけで俺に求められても迷惑だ」

ましてやそのために民を、そしてジュリアを巻き込むなど言語道断である。

言い切ったサイファスを前にしてリキアはどれほど沈黙していただろう。

「……お前は本当に、陛下にそっくりね。その容姿だけでなく、私を一切顧みない冷酷なところも、つまらない女に夢中になるところも憎らしいくらい同じ。本当に、どこまで私を蔑《ないがし》ろにすれば気が済むのかしら」

突然彼女は嘲笑するように笑った。

「こんなところでこんなことをしていて良いの？　お前の大事な女は今頃愚かな男に犯されている頃よ、私に勝ったつもりでいるのでしょうけれど……」

「そのことならご心配なく。そちらへは既に人をやっている。きっと上手くやってくれただろう。……ああ、ちょうど来たな」

まるで登場するタイミングを計っていたかのようにその場に現れた人物は三人だ。

その先頭にいる人物を認めてリキアの顔に安堵が浮かぶ。

「エレファン！　これは反乱よ！　今すぐこの男を始末して！」

息子の登場で救われた気になったのだろうが、しかしその安堵を抱くことができたのはごく僅かな間のことだ。

母が髪やドレスを乱して近衛に身柄を取り押さえられている哀れな姿に、その息子であるはずのエレファンは眉一つ動かさなかった。

むしろ穏やかにも見える微笑を浮かべて答えたのである。

「それはできません」

と。信じられない息子の言葉にリキアの顔が驚愕に強ばる。

「私は皇太子として、あなたの行いを見過ごすわけにはいきません。たとえ母上であっても……いいえ、皇后だからこそ国を乱す愚かな行為を許すわけにはいかないのです」

「な、何を言っているの、エレファン、その男は……！」

「母上。あなたがこの内乱で何をなそうとしたのか、私が知らないと思っているのですか？」

途端にリキアは口を噤む。

決して大きな声では言えない理由であることを、彼女も理解してるのだ。

「私は皇帝になります。そのために、重罪人の子となっては困るのです」

子としてはあまりにも冷たい発言かもしれない。

だがその冷めた声と突き放す発言は、エレファンがもう随分前にリキアを見限っていたことを教えている。

「それが母に対する仕打ちなの⁉」

「私とて喜んでこんな結果を望んだわけではありません。幾度となく諫めてきたはずです。どうか目先のことに囚《とら》われず、ご自身の立場に見合った行いを心がけてくださいと。ですがあなたは結局聞き入れてくださいませんでしたね」

「それは……」

何か言いかけたリキアの口を塞ぐようにエレファンは告げた。

跪かされている彼女の元へ歩み寄り、その耳元で囁くように。

「あなたがもっと哀れで健気な女性だったなら、私ももっと親身になれたでしょうに」

「……エレファン……？」

「母上は随分とお疲れのご様子だ。これ以上心乱されることのないよう、どうか静かな場所で穏やかな時間をお過ごしください」

リキアが完全に言葉を無くしたのはその時だ。

そのエレファンの言葉は事実上の隠居を暗示している。

もちろんそれがただの隠居ではなく幽閉を意味するのは明らかだ。

「エレファン……あなた……」

呻《うめ》くような声を上げる母に、今度は先ほどよりも感情を抱かせる、どこかやるせない切なさを込めた表情で目を細めてエレファンは告げた。

「薄情な息子だと恨んでくれて構いません。さようなら、母上。せめて息子としてあなたの今後の人生が少しでも心穏やかなものとなるよう願っています」

直後リキアは悲鳴のような叫び声を上げた。

意味のある言葉など一切含まれない、文字通り絶叫だ。

リキアの悲痛な叫び声は、貴人が囚われるベルクフリートの冷たい石壁の向こうからその後も度々上がり、それを耳にした人々を薄ら寒い気分にさせたという。

「……サイファス」

皇后が引きずられていく姿を見送って、おずおずとジュリアはその名を呼んだ。

エレファンに連れられるがままにここまで来てしまった。

サイファスの姿を見つけた時には心底ホッとしたけれど、胸が悪くなるような皇后とのやりとりや張り詰めた空気から今まで声を出すことができなかったのだ。

彼の名を呼んだ声も小さくて、聞こえていないかもしれないと思った。

けれどサイファスは応じるようにこちらを振り返り、ジュリアの姿に破顔し、そして両手を広げる。

直後彼の元へと駆け寄っていた。

腕の中に飛び込んだ華奢な身体は即座に逞しい胸に抱きしめられ、全身を官能的な彼の汗の匂いに包まれて心底安堵した。

「どうした、そのボロボロの姿は。あの馬鹿息子の仕業か！」

「そうだけど、大丈夫。ちゃんとあなたのお兄様と護衛兵が助けてくださったから……ジニーも助けてくれたの、だから平気」

そのお兄様には囮にされたが、あえて言う必要はないだろう。

隠し事と言うよりも、平和的解決のためである。

それに今はそんなことよりサイファスの方が気になって仕方ない。

両手を伸ばして彼の頬を包み込むと引き寄せる。近づく金色の瞳がやけにぼやけて見えるのはどうしてだろう、これじゃあ顔色や表情の変化も判らない。

「あなたは？　あなたはどこも怪我はしていないの？　無事なの？　皇太子殿下から戦場には行っていないと聞いたけれど、それでも危険なことをしていたのでしょう？　隠していないわよね？」

「大丈夫だ、大丈夫だから泣くなジュリア。お前に泣かれるとどうすれば良いのか判らなくなる」

ぼやけて良く見えなくなってしまったのは、知らぬうち、大粒の涙をこぼしていたかららしい。

だけど仕方ないではないか、戦場に行っていると思っていたサイファスが実は別行動をしていて、エレファンとも手を組んでいて、自ら指揮を執ってリキアを追い詰め捕らえたというのだから。

情報量が多すぎて、その一つ一つをじっくり考えている心の余裕がない。

ただ今は目の前に無事な姿のサイファスがいる、そう思うとホッとして力が抜けそうになった。

泣きじゃくるジュリアにサイファスは少しだけ狼狽えたように視線を泳がせたが、すぐに再びぎゅっと抱きしめてくれる。彼の背に両手を回し、胸に顔を埋めて頬をすり寄せた。

「……まずい……可愛い……抱きたい……」

彼にしては珍しくぼそぼそとはっきりしない声が聞こえてきたが、何を言っているのかは上手く聞き取れなかった。涙に濡れた顔を上げると、彼はどことなく目元を赤らめて照れた落ち着かない様子を見せながらも、苦汁を嚙みしめる声で告げる。

「……すまない、ジュリア。死ぬほど惜しい気分なんだが、まだしなくてはならないことがある。先にジーニアスと共に皇子宮で待っていてくれないか」

「あっ……ご、ごめんなさい。私ったら……」

少し冷静になれば確かにそうだろうと納得する。

ここにはまだ残っていたエレファンが生温《なまぬる》い微笑みを浮かべているし、ジーニアスは塩と砂糖を間違えて口にしたような顔をしている。

近衛兵《このえへい》たちは目のやりどころに困ると言わんばかりに視線を泳がせている始末だ。

「お前が詫びる必要などない。心配してくれて嬉しかった」

そう言って、サイファスは人前であることも気にせずに頬に口付けてくれた。

その後彼の部下に案内されてジーニアスと共に第二皇子宮へと通された。

ジュリアがここに来るのはこれが二度目だが、相変わらず彼の存在感というか生活感は皆無に近い。

実際にサイファスがここを使用するのは年に数度程度だと聞いた。

つまりはそれだけ彼にとってここは、居心地の良い場所ではなかったのだろう。

だが身体を休めるには充分だ。

サイファスが戻ってくるのを待つ間、ジュリアとジーニアスはそれぞれに湯を使って身を清め、軽く食事を済ませ、予定の時間になってもなかなか到着しない自分たちを心配しているだろう祖父に宛てて簡単に事情を説明する手紙を書いた。

しかしそれらのことが終わってもサイファスはまだ戻らない。

姉弟とはいえこんな時間まで男女が同じ部屋にいるのは良くないと、ジーニアスが客室に引き取ったのは夕食を終えた後のこと。

それからずっとジュリアは一人、サイファスの部屋で彼を待っているが、日付が変わるような時間になってもまだ戻ってこない。

皇后が囚われることになったのだ。

ここにまでは騒動や混乱が伝わってくることはないけれど、城内の騒ぎはまだ落ち着いていないだろうことが容易く想像できる。

今夜はもう戻れないのかもしれない。そう思った時だ、ガチャリと無造作に扉が開く音に慌てて腰を上げて振り返れば、サイファスがそこにいた。

ジュリアは露骨にホッとした顔をしてしまっただろうか。

待ち続けていた彼女の姿にサイファスの顔に申し訳なさそうな表情が滲んでいる。

「だいぶ待たせたな。悪い」

「そんなことは良いの。それよりも少しは落ち着いたの？」

「まだまだだな。だが今夜はもう兄上に全部任せて引き払ってきた」

「そう……皇太子殿下には後でお礼を言わないと」

「礼なんていらん。聞いたぞ、お前を囮にしたそうだな。俺はお前を守ってくれと頼んだはずなのに、逆に危険にさらすなど勝手な真似をして。お前の方こそ本当に無事だったのか」

　せっかくジュリアが黙っていたのに、エレファンは自らばらしてしまったらしい。

　サイファスの視線がジュリアの顔から身体へと移動する。

　怪我や不自然なところがないかを確認してくれているのだろうと思うが、それが妙に絡みつくような……まるで舐めるみたいな視線のように感じてしまうのは、ジュリアの気にしすぎだろうか。

　汚れたデイドレスは入浴の際に脱いで、今は緩やかなシュミーズドレスに着替えている。そうおかしな格好ではないはずだが、コルセットは身につけていないので、少しだけ心許ない。

　サイファスの視線は特に柔らかく膨らんだジュリアの胸元で止まったような気がして、その視線から隠すように腕で胸元を押さえたが、どうやら逆効果だったようだ。

「きゃっ」

直後ジュリアの身体が抱え上げられ、近くのカウチへと運ばれる。

その座面に横たえるように降ろされたと思ったら、のし掛かるように覆い被さられる。

これはまずいと慌てて近づく彼の唇を両手で押し返した。

「……」

己の欲望に正直な皇子様からは不満そうな視線が返ってくるが、今はここで流されるより大事な話があるはずだ。

「説明が先でしょう？　話せることでいいから、ちゃんと教えて」

「俺としてはまずは再会の喜びを分かち合いたいところだが……まあお前からすればそうだろうな」

ぐいぐいと彼を押し返し続けてようやくカウチに二人並んで腰を下ろした姿勢に持ち込んだところで、少しばかり惜しそうな顔をしながらサイファスはその口を開く。

「結論から言うと、今回出征が命じられた内乱は裏で皇后が画策したものだ。以前から自身の望むタイミングで暴動を起こすことができるよう準備していたらしい。元々西部は痩せた土地が多く、住民の生活は苦しい。それに反して税率は年々上がり、民の領主への不満は弾ける寸前まで膨れ上がっていたからな」

つまり、内乱が起こりやすい土台は完成していたということだ。

リキアは溢れそうなほど水が満たされていたグラスに、さらなる一滴を落とすことで意図的に暴動を起こしたのだ。

「……皇后陛下はそうまでして、私をあなたから引き離したかったの？」

ポツリと呟いたジュリアの言葉にサイファスがこちらを向いた。

その瞳を見れば判る。それに彼は否定しなかった。つまり、そういうことなのだ。

「……なぜ気付いた？」

「自分で気付いたわけじゃないわ。道すがら、皇太子殿下から教えていただいたの。ただ……この間、呼び出された時に少し気になったことがあって」

あの時は気のせいかと思ったけれど、そうではなかったのだと理解した。

「皇后陛下は……私に嫉妬なさっていたのね……」

リキアがサイファスに特別な感情を抱いている。その事実はジュリアを驚かせ、同時に納得もさせた。サイファスのことは放っておけば良いものを、あえて繰り返し嫌がらせをしていたのも、憎しみ以上にどんなことでも良いから彼との関わりを望んでいたのだとしたら、理解もできる。

もちろんだからといってこの国を守る皇后という立場にいる人が、国内で争いを誘発するなど絶対にあってはならないけれど。

はあ、と一つ深い溜息を吐いてサイファスは答えた。

「俺は、皇帝に似ていると言われるが……特に若い頃の姿に生き写しらしい」

昨年の凱旋式はジュリアの記憶にも強烈な印象を残しているが、それはリキアにとっても同じだったらしい。

愛した男の二十代の頃とそっくり同じ顔をした人間がそこにいたのだ。

長い年月が過ぎ、リキアの恋心もとうに風化していてもおかしくはなかったはずなのに、若い頃の皇帝と良く似た青年がいる。それも自分より弱い立場として。

血は繋がらないとはいえ、立場上は義理の母子の関係だ。ある意味夫である皇帝よりも手に入れにくい存在のはずなのに、リキアはそこで欲を抱いてしまった。

愛した男は本当の意味では手に入れられなかったけれど、立場の弱いサイファスならばあるいは手に入れられるかもしれない、と。

サイファスにとっては、ある意味式典作法よりやっかいだった。

「言い訳に聞こえるかもしれないが、お前との結婚を望んだのは純粋にそうしたいと思ったからだ。決して利用しようとしたわけではない」

「ええ、判っている」

「だが、それでも少しは期待した。これで諦めて目を覚ましてくれるのではないか。俺は陛下とは違う人間で、身代わりにできるわけではないのだと」

しかし結果はこれだ。

リキアの立場ではサイファスを真正面から手に入れることはできない。

皇帝の承諾を得た結婚に、表立って異議を唱えることもできない。

リキアにできることはジュリアが自ら身を引くように仕向けること。けれど予想外だったのは、ジュリアが抵抗したことだろう。

サイファスを手に入れるためにはジュリアが邪魔だ。自ら身を引かないのであれば、そうせざるを得ない状況にしてやれば良い。

もたもたしていては二人の婚約は正式なものとして成立し、程なく夫婦となるだろう。

しかしジュリアやその家族へと仕掛けるためには、サイファスを遠ざけねばならない。

サイファスは今年皇帝の命令で社交に注力しており、そんな彼を物理的にジュリアから遠ざけるためにはそれ相応の理由が必要だった。

そのためにリキアが利用しようとしたのが西部の内乱である。

サイファスがここにいるということは、結局内乱は失敗に終わったのだろう。だが、たとえ未遂であったとしても戦の扇動はまごうことなき犯罪だ。

皇后として……いや、皇后であるからこそあってはならないことである。

それを知りながらあえて知らぬフリをしてサイファスは、リキアを泳がせていた。

つまりこちらを罠《わな》に嵌《は》めようとしていた彼女を、逆に罠に嵌め返したのだ。

「……そのことを皇帝陛下はご存じなの？」

「知っている。逐一報告しているからな」

「もちろん、皇太子殿下も、よね？」

つまりリキアは夫だけでなく実の息子にも見限られていたということだ。

「俺としてもこの先の人生で皇后が障害となることは判りきっていたから、できるだけ早くに排除する必要があった。自分一人ならばともかく、守るべき存在ができたのならばなおさらだ。だが、多分俺とは違う理由で兄上は皇后の行いに危機感を抱いていた」

エレファンは弟にこう言ったという。

「一度自らが扇動して国内に戦を起こすことに成功すれば、二度目以降はもっと躊躇わなくなる。次は国の外から争いを招き入れるようになるかもしれない。そうなって苦しむのは力なき民だ。母上には決定的な罪を犯す前に退いていただく方が良いだろう」

ある意味、エレファンは正しく統治者としての才能を持つ人なのだろう。

必要なことならば個人的感情を抑え込み、物事を俯瞰《ふかん》して考える才に長けている。

だが、とジュリアは思う。

「……皇太子殿下はそれで納得されているの？」

「俺も同じことを訊いた。仮に罪を犯したとしても母親には違いない。それでいいのかと」

その問いにエレファンは肯いた。

その上でリキアを処罰することを決めたのだそうだ。

「皇后が罪を犯した場合は息子の兄上も刑に連座する。だがそれでは困る。何しろ俺は必要な教育を殆ど受けていないし、帝位につくつもりもない。対して兄上は未来の皇帝としてこれ以上ない知識と才能を持っている」

我が帝国は皇太子たるエレファンを失うわけにはいかない。

だからこそ皇后が決定的な罪に手を染める前に、その立場から引きずり下ろす必要があった。

「出征したフリを装って軍を現場に向かわせながら、俺はレガートや部下たちと共に皇后に加担した貴族たちを密かに捕らえた。皇后の意識がそちらに向かぬようにその目を反らしたのは兄上だ」

息子を盲信するリキアはまさかその息子に命綱を握られているとは思ってはいなかっただろう。自分を捕らえる側にエレファンが立ったことを知った時のリキアの表情は驚愕に満ちていた。

一方で、実際にリキアを問い詰めるのはサイファスでなければならなかった。

リキアによって損なわれていた評価を取り戻すため、そしてこれから兄と共にこの帝国を治めていく立場としてその力を提示しなければならない。

またエレファン自身がリキアを追い詰めれば、その行為を情がないと責め立てる者が必ず現れて、今後の彼の治世に影響が出る恐れがある。

情だけで国を統治はできない。しかし人は情と切り離せない生き物だ。

場をサイファスに譲り、一歩下がりながら、それでも母の罪は看過できないという姿勢を見せる必要がある。

サイファスの名を上げ、エレファンの名誉も守る。そのために捧げられた生贄《いけにえ》が皇后リキアという名の羊だったのだ。

「……事情は判ったわ。でも……皇帝陛下は全てご承知だったのなら、どうして皇后陛下をお止めにならなかったの？」

本来妃を諫めるのは皇帝の役目のはずだ。

皇后の過ちを正す努力はしたのだろうか。

だがそこでサイファスは首を横に振る。

「あの二人が夫婦らしい会話をしている姿を俺も兄上も見たことがない。きっと陛下にとって皇后は、ただその称号を与えただけの存在でしかないのだろう」

つまり皇帝は少しも皇后へ関心を寄せなかったということだ。

ある意味、それは忌み嫌う行為より残酷である。

「……皇后陛下のなさったことは許されることではないのでしょうし、こう言ってはいけないけれど……同じ女として、少しだけお気の毒に思うわ……」

他に心の救いを求めてしまっても、仕方ないのではと思うくらいには。

ジュリアの言葉にサイファスは何も答えないまま苦笑した。

「すまなかったな。お前に心配と辛い思いをさせた。事前に説明できれば良かったのだが」

「仕方がないわ、内密に進める必要があったことは理解できるもの」

サイファスが皇族として役目を果たす以上、今後も同じようなことがあるかもしれない。

ジュリアはそのたびに心配するし、不安にもなるだろう。

でもそれについてはもう覚悟した。

今回のように事後であってもきちんと説明してくれる方が珍しいのだ。

「今後は、私が知らなくて良いとあなたが判断したことは無理に言わなくて良い。でも、あなたを心配して待っている、私という存在がいることは忘れないで」

「いいのか、そんなに物わかりが良くて」

「物わかり良く振る舞っているつもりはないわ。でも、私が選んだ人はそういう立場の人だから」

サイファスは破顔するように笑い、そのまま彼女の身を抱きしめ直した。腕の中に深く、深く……絶対に離さないとでも訴えるかのように。

「ありがとう。感謝する。……愛している、ジュリア」

「私も愛しているわ。……一つだけ、私の秘密を教えてあげるわね。……実は私、図書館で会うより前から、あなたに憧れていたの」

「何？」

「凱旋で華々しく帰ってきたあなたを見て、なんて立派な人だろうって思っていた。だからそんな立派な人が不当な理由で貶められているのが嫌だった。心の中で思っていたわ、この人はそんな扱いをされて良い人じゃないって」

「ジュリア」

大事な秘密を打ち明けた少女のように、はにかんでみせるジュリアにサイファスの目元が赤らむ。

もちろんその時は好きだの嫌いだのと言うことを考えてはいなかったけれど、多分思えばその時からジュリアの中にサイファスは確かに存在していたのだ。

「そういうことはもっと早くに教えてくれ。そうしたら少しは憧れの皇子らしく振る舞ったのに」

「皇子様らしく？　ふふ、どんなふうに振る舞って見せても、あなたの牙を隠した肉食獣みたいな印象は変わらないと思うけれど」

「言ったな。なら、その肉食獣らしく喰《く》らってやろう」

サイファスの抱擁が深くなる。

隙間がないほどぴったりと身を寄せ合いながら、先に相手の唇を求めたのはどちらが先だっただろう。

相手の唇に己の体温を馴染ませるように柔らかく唇を重ね合いながら、ジュリアは少しだけ角度を変えてサイファスの下唇に吸い付いた。

するとすかさず濡れた舌がその唇の合間から差し出されてジュリアの唇を舐めてくる。

応じるように僅かに口を開けば、狭い二枚貝の隙間をこじ開けるようにサイファスの舌は遠慮なく奥まで差し込まれ、まるで唾液ごとすすり上げるようにあっさりとジュリアの舌が引き摺り出された。

濡れた舌同士を擦るように絡ませ合うと、それだけで舌の根元から顎を伝い、背筋がぞくぞくとするような刺激の波が走って身体を小さく震わせる。

「ん……ふ……」

「お前はキスが好きだな？　すぐに蕩けた顔をする」

そんなことを言われてもジュリア自身には判らない。

だけど淫らに舌を絡ませ吸い合う行為が心地よいと思っているのは確かだ。

息が満足にできなくて苦しいのに、もっと、もっとと続けてほしくなる。

「ん……」

口の中に溜《た》まる、どちらのものとも判らない唾液を呑み込めば、まるで媚薬《びやく》でも口にしたかのようにより体温は上がって、しっとりと汗が滲み始めた。

　ぎゅうっとサイファスがシュミーズドレスの生地の上からジュリアの片方の胸を掬い上げるように摑んだのはこの時だ。

「お前はここを弄られても、良い反応をする」

　やわやわと柔らかな乳房を揉みながら、その指が生地の下に隠れている胸の頂きを探る。

　硬いコルセットはなく、滑らかな肌触りの生地だけではサイファスの悪戯な手を止めることはできず、すぐに見つけ出された先端がこりっとくびり出されるように二本の指に摘まれた。

「あ……」

　気がつけばジュリアの身体はカウチの上で、サイファスの膝の上に背後から抱えられた格好になっていた。

　彼はもう片方の胸も同じように揉みながら生地の下の小さな粒を探り当て、両胸を手の平に収めつつそれぞれの乳首を弄り出す。

　身を竦めようとしても、広い胸に抱え込まれては僅かに身を揺らすだけで却《かえ》ってその手に胸を押しつける結果になるだけだ。

　かといって背筋を伸ばせば、突き出す格好になった両胸を余計に淫らに揉みしだかれることになって、ジュリアの呼吸を荒く乱れさせる。

「ん、はぁ……」

互いの体温が上がって肌に触れる生地がしっとりと湿りを帯び始めた。

身体が熱い。身に纏っているものがひどく邪魔に感じてしまう。

ジュリアの首筋に滲んだ汗をペロリと舐め取りながら、サイファスは低く笑った。

その息づかいの中に籠もる隠しようのない熱が、彼の興奮と欲望、そして女を誘う濃密な雄の匂いをあぶり出し始める。

彼の汗と体臭が混じった匂いを吸い込むと、ジュリアはすぐにまともなことが考えられなくなってしまう。

今もそうだ、その手や唇の愛撫、背面を覆う身体と体温の感触、そして匂い。

一つだけでも頭がクラクラするほど強烈なのに、全てが合わさると皿の上に上げられた獲物のように小さく喘ぎ、身を震わせることしかできない。

「サイファス……お願い、もっと触って……」

「おねだりが上手くなってきたな」

身体のもっとも深い場所が、もう切なくなっている。僅かに揺らすように身を捩ると、ジュリアの願いに彼は満足げに笑い、頬へ唇を寄せてきた。

誘われるように顔を捻《ひね》ってそちらを向けばすかさず唇が重なってきて、ジュリアは無意識のうちにその舌を差し出す。

従順な女の舌を強く吸い上げながら、片方の手が胸から外れて、代わりに腹をさするように下がっていく。

サイファスの大きな手が意味深に撫でた場所は、ジュリアの下腹……正確に言うならば、男を受け入れる場所の表面だ。

「……覚えているか？　ここに俺を咥え込んで、お前は何度も達し、何度も啼いた。清らかだったお前を穢すたび、俺がどれだけ倒錯的な興奮に酔いしれていたか知らないだろう？」

ドレスの生地が邪魔で、サイファスの手はそれ以上下がれず、直接その場所に触れることはできない。

だがその言葉だけであの夜のことが呼び起こされ、ジュリアの身体の芯に点《とも》った炎がゆらゆらと揺らされる。

彼の腰を押しつけられるように座らされた尻の下、硬く感じるものの存在が何かを既にジュリアは知っていた。

「……は、恥ずかしいことを言わないで……」

「無理だ。俺はお前が恥じらう顔も見たい。泣き顔も、喘ぐ顔も、達する顔も全て。お前のものは何もかも俺のものだ。大体、さっきのおねだりは恥ずかしくはないのか？」

「そ、それは……」

カッと頬を染めて言《い》い淀《よど》んだその時、再び首筋を舐められて、肩に歯を立てられた。

力こそ弱いが、その仕草はやはり獣が獲物の息の根を止める時の仕草によく似ている。

このまま、食べられてしまうと思った。

文字通り今自分は食い尽くされようとしている。

質が悪いのはそのことを嫌だとは思わず、恐ろしさよりも期待の方が大きく膨らんでいることだ。

だってジュリアはもう知っている、彼の身体全てで高められる快感がどれほど強烈で、その楔《くさび》に貫かれることがどれほどに幸せなことかを。

確かに正しくジュリアの全てはサイファスのものだった。

彼以外の男性なんて必要ないし、触れてほしくもない。

それと同じようにサイファス自身も、ジュリアのものであると望んでも良いだろうか。

「……あなたも」

「うん？」

「あなたも、私のものでしょう……？　お願い、私以外の女性に触れないで……」

それはジュリアが初めて見せた執着心かもしれない。

胸と下腹に触れる彼のそれぞれの手に己の手を重ねながら、張り詰めたその腰に己を擦り付けるように身を揺らす。

それぞれの仕草は意図して行ったことではないけれど、サイファスを求める彼女の心が無意識に取らせた仕草だ。

布越しに与えられるもどかしい快感に、サイファスはまた獣のように喉の奥で低く笑いながらジュリアのシュミーズドレスの襟ぐりに手を掛けた。

「当たり前だ、俺の心も、身体も、欲望も全てお前のものだ。……だが、覚悟しろよ？　俺は自分でも呆れるくらい欲が深い。その全てを受け止めるんだ、俺と共にいる間はこの身体が乾く暇などないと思え」

薄い生地が裂ける、女の悲鳴のような高い音が響いた。

デコルテから強引に下げられたジュリアのシュミーズドレスは、屈強な男の力に抗うことができずに意図も容易く引き裂かれ、その下に隠していた白く柔らかな肌を露わにしてしまう。

「あっ……」

狼狽える間もなく弾むように表にこぼれ出た二つの乳房が、再び背後から鷲掴みにされる。

だが先ほどと違うのは、もう邪魔な布の存在などないことだ。

直接触れ合い、擦れ合う肌と肌の感触は、互いにしっとりと汗で湿っているせいか余計に刺激が強く、ジュリアの胸は男の手に淫らに形を変えられてその指の間で赤く充血して尖ったその先端がくびり出される。

すかさずつまみ上げられ、交互に引っ張られ側面やてっぺんを指先で擦られると、より一層赤い果実は首を伸ばしその指に吸い付くように、芯を凝らせて立ち上がった。

「見ろ。……お前のここ、随分と物欲しげだ。いやらしいな」

「や、やだ……」

「嫌がるな、お前の身体だ。もっと触ってくれと言ったのはお前だろう？」

「あっ！」

尖ったその先をピンと指で弾かれて肩が跳ねた。

まるで神経がむき出しにされたみたいに少し触れられただけで声が出てしまうほど敏感になったその場所は、じんじんと疼いてもっと強い刺激を求めるように赤く膨れる。

これまでの自分の人生の中でも、そこがこんなに膨れて尖った様など見たことがない。

びっくりするくらいいやらしいのに、もっと触れてほしくて堪らなくて、両足の間がじわっと濡れる感覚に僅かに腰を揺らした。

「どうしてほしい、ジュリア？　触るのと、舐めるのとどっちが良い？」

なんて淫らなことを囁くのだろう。こちらにとってはまだまだ不慣れな身だというのに。

でも促すようにまた乳房を揺らされると、抗えない。

「……ど……どっちも……」

熱い吐息が首筋を撫でた。

「どっちも、か。さすが俺の妃だ、欲張りで何よりだな」

うう、と羞恥で身を竦める間もなくジュリアの身体が浮き上がる。

突然の浮遊感に驚かずにいられたのは、これまでにも何度も突然抱き上げてくる彼の行為を経験しているからだ。

カウチの上ではジュリアはともかくサイファスの大きな身体は自由に動けなくて窮屈に感じたのだろう。

彼はジュリアを抱えたまま大股に場所を寝室へと移動すると、皺一つないシーツの上に彼女を降ろし、すかさず片方の乳房にしゃぶりついてきた。

「あ、あぁっ、んんっ！」

最初に舌全部を使うように下から舐め上げて、その後は尖らせた舌先でくるくると乳輪を擽るようになぞる。

時折飴玉《あめだま》を舐めるように尖ったその場所を転がされて、胸から全身へと駆け抜ける甘い刺激にジュリアはビクビクと小さくその身を跳ねさせた。

その一方でもう片方の胸は引き続き大きな手が揉み上げ、指先で押し潰すように弄る。

ジュリアの希望に同時に応えた格好だが、そこから与えられる刺激の強さはたちまちのうちに彼女を乱れさせた。

「う、う、うっ……」

まるで寝台に貼り付けられた蝶のような姿勢でサイファスにのし掛かられ胸を可愛がられ続けるジュリアの、固く合わせている両足は、まだその奥に触れられてもいないのに既にドロドロに溶けているのが判る。

ねっとりと乳首を吸われ扱かれる度に鋭い刺激と共に、もったりとした重たい何かが腹の奥に溜まるようで、もじもじと腰の揺れが止まらない。

その細やかな動きに反応してサイファスは唇の端をにいっと吊り上げた。

「切ないか？　……ああ、残ったドレスが邪魔だな」

引き裂かれたドレスはまだジュリアの腰回りに溜まっていて、その下の彼女の身を隠したままだ。

当然先ほどから切ない熱を溜《た》め込んでいる下腹も隠されたままで、引《ひ》き剝《は》がそうとしたサイファスの手を思わず止めてしまう。

「あっ……」

「どうした？　嫌か？」

嫌なわけがない。ただ恥じらいがそうさせるだけだと判っていながらニヤリと問うサイファスは少し意地が悪い。

少しだけ悔しくなって、ジュリアは真っ赤な顔で拗ねた眼差しを向けた。

余裕たっぷりの彼が憎らしい……でも、表情や仕草こそ確かに余裕が見えるが、その欲情に揺らいだ金色の瞳の獰猛さが、こちらが思うほど彼に余裕がないことを教えてくる。

（ああ、本当に獣みたい……飢えて、お腹《なか》が空《す》いて仕方なくて……全てを食べ尽くすみたいな瞳だわ……）

食われるのは自分だと思えば恐ろしいはずなのに、逆にジュリアは己の腹の奥がきゅんっと蠢く様を自覚した。

恥ずかしい、でも長く我慢できないのは自分も同じだ。

「……あ、なたも脱いで。……私一人じゃ恥ずかしいから……」

最初の夜、サイファスがその身をさらしたのは随分と後になってからだ。

ジュリアばかりが暴かれて、初めてのことにいっぱいいっぱいで、思えばその身体をじっくりと見る余裕もなかったように思う。

「俺の身体が見たいか？　なら、お前が脱がせてくれ」

「えっ……」

「どうした？　俺の着替えの手伝いも、いずれお前の仕事になる。少しは覚えておいたらどうだ？」

最初の夜と違い、外から帰ってきたサイファスは軍服に身を包んだままだ。

多くはボタンで留《と》まっているみたいだが、それを外しただけでは完全に脱がすことはできないようで、見ただけではどこがどうなっているのかよく判らない。

与えられた快楽で上手く力が入らない身体をどうにか起こして寝台の上で彼に向き直ると、言われるままジュリアは躊躇いがちにその手を伸ばした。

「……どこで留まっているの？」

「身体を動かすのに金具が引っかかると邪魔になるからな、内側に隠れている。触って確かめてみろ」

襟を辿るように軍服の重なっている部分の隙間に指を差し込んでみる。

確かに隠れた場所に金具があった。だが固い。

男性の力ならいとも容易く外せるのだろうけれど、ジュリアの力では丈夫でしっかりした軍服の生地も、固い金具も扱いが難しく、なかなか上手く外せない。

と、その時だ。

「きゃっ！」

思わず小さな悲鳴を上げて身を竦《すく》めたのは、サイファスのせいだ。

彼の軍服に苦戦するジュリアをからかうようにその手が、むき出しの彼女の胸に触れて、揉みながらその先を弄ってくる。

やわやわと揉みしだかれ、尖った先を摘まんで引っ張られるとそれだけで力が抜けてしまいそうだ。

「さ、サイファス！」

「待っている間暇でな。ほら、手を止めるな」

「じゃ、邪魔しないで……」

「邪魔なんてしていない。だがこの調子ではいつになるか判らん」

言いながらその間も彼は指で尖った乳首を弾いてくる。

どうにか固い金具を外して軍服の上着を開くことには成功したが、ジュリアができたのはそこまでだ。

今度こそ彼女の下半身に溜まったドレスを下着ごと足から引き抜いたサイファスは、自ら軍服の上着を寝台の下に脱ぎ落とす。

そしてシャツのボタンを引きちぎるように外して逞しい胸板を露わにすると、ジュリアの両膝に手を掛けて半ば強引に左右に開いた。

「やっ……」

「悪いが時間切れだ。軍服の構造についてはまた後で教えてやる。……ほら、良い具合に熟れているな」

最後の言葉にカッと頬が熱くなった。

言われずともジュリア自身、その場所がしとどに濡れて綻《ほころ》んでいることは判っている。

膝が身体につくほど深く広げられては、その秘められた場所を隠すこともできず、全てが彼の眼前に晒されてしまっているだろう。

「綺麗な色だな。ここを見る限り、男を知っているとは思えない」

ジュリアの足を肩に担ぎ、両手の親指でその場所を開いて覗き込まれた。

身体のもっとも深い場所へと続く恥ずかしい秘口を直接見つめられて、ジュリアの頭の中が羞恥で焼き切れそうだ。

ましてそこからとろりと新たな蜜がこぼれ出るのだ。上部で少し膨らみつつある芽吹く寸前のような花の芽も隠しようがない。

「も、やだ……見ないで……」

か細く訴えるが駄目だった。

「お前の全ては俺のものだと言っただろう？　隠すな、別に恥じらう必要などない。お前の身体はどこも美しい」

そんなことを言われても、さすがに少しも嬉しくない。

だがジュリアの抗議の声はすぐに嬌声に紛れて失われてしまう。

サイファスが直接その場所に舌を這わせて吸い付いてきたからだ。

「や、あああああっ‼」

全身の産毛が逆立つような快感に晒されて、身も世もなく悶《もだ》えた。

そこへ口付けられたのは初めてではないけれど、最初の夜より生々しいのは、より深くサイファスの舌が秘口をこじ開けるようにその内側をなぞってきたからだ。

浅い部分を執拗に舐められ、かと思えば顔を出した花の芽へ優しく吸い付かれて刺激を送られ続けるうちに、腹の奥に重く溜まっていた言葉にできない熱がどんどん大きく膨らんで、内に収めておけなくなった華奢な腰がガクガクと震え始める。

「ひ、あ、あっ、くる、あっ、何か……！」

涙の雫《しずく》を飛ばし、首を左右に振りながら背をのけぞらせるジュリアへと、サイファスは短く告げた。

「弾けろ」

ずぶりと身体の中に指が沈む。

何の抵抗もなく潜り込んだそれは、ねとねとと絡みつく内壁の動きに逆らうように腹側のざらついた場所を強く擦り上げる。

そこは初めての夜でジュリアが官能を示した場所で……言葉通り弾けるのは一瞬だった。

「んんんっ‼」

咄嗟に奥歯を噛みしめたけれど、くぐもった声が喉の奥からこぼれるのは止められない。

官能の極みを迎えてジュリアの腰は大きく二度三度と跳ね上がり、新たな蜜を噴きこぼし、膣内の指を強く締め上げながらその後も細かく震え続ける。

「は、あ、ああ……」

全力で走り抜けたように心臓の鼓動が激しく、何度も大きく息を吸い込んだせいか胸が苦しい。

硬直した身体が、ゆっくりと弛緩《しかん》するまでにどれほどの時間が必要だっただろう？

既にジュリアの全身は乾いている場所がないくらい、汗と身体の内側から溢れ出た愛液とでしとどに濡れていた。

ベルトを外す、金属的な音が聞こえたのはその時だ。

深い絶頂に満たされた身体は重怠《だる》く、視線をそちらへ向けるのもしんどいくらいだったのに、寛げられた彼の下肢からまろびでたその男性自身を目にした途端、ジュリアの腹の奥が再び甘く疼く感覚がした。

「あ……」

相変わらず大きい……いや、初めて見た時よりも、もっと大きいかもしれない。

あんな大きなもので貫かれたら、ジュリアのひ弱な身体などあっという間に壊れてしまいそうなものなのに……そうはならず、それどころかより深い快感を得られたことを思い出して知らぬうち喉が鳴った。

「思い出したか？　……ほしいか？」

婀娜《あだ》っぽく問われて慌てて目を反らした。さすがにまだ、ほしいと赤裸々に求められるほどジュリアの心は羞恥を忘れていない。

けれど真っ赤に染まった肌も、物欲しげにひくつくその場所も、浅く乱れる呼吸も全てがその先を望んでいる。

サイファスは無理にジュリアに求めさせる言葉を言わせることはしなかった、少なくとも今は。

フッと笑って、彼自身欲情に塗れた金色の瞳で目の前の女を見下ろしながら、その先端をわななく入り口の泥濘《でいねい》へと押し当てて、二、三度馴染ませるように上下させる。

「相変わらず小さい入り口だな……だが、前より綻んでいる。……一気に入れるぞ」

その一言を口にした直後、ぐうっと押し入る圧倒的なものの存在にジュリアは大きく息を吐き出すと、再び身をのけぞらせた。

「ん、んんっ……‼」

中を満たす長大なその形が、初めての時よりもはっきりと判る。

膨らんだ先端も、太い肉竿もその全てで膣洞を拓き、ぴったりと吸い付く肉の壁を擦り上げられて、ジュリアの全身に滲んだ汗が珠《たま》を結んでシーツに流れ落ちた。

「あああぁっ‼」

強く寝台に押さえつけられながら、時折左右にゆさっと揺すられると、意図しない場所が擦れて、じわっと熱で焼かれるような快感に中が収縮する。

深く身を繋げていると、ジュリアがどこで、あるいはどんな仕草で官能を拾ったのかが全て伝わってしまって、味を占めたサイファスが繰り返し揺さぶりながら、子宮口に口付けるようにその最奥を押し上げた。

「うあ、あ、んっ……あっ」

「……ああ、いいな……お前の中は温かくて柔らかい。そのくせヒルみたいに吸い付いてきて……たまらないな」

その表現はどうなのか、と思ったけれど、訴えたのは違う言葉だ。

「ま……って、おねが……少し、でいいから……動かないで……」

こんなに息が乱れている時に動かれては、本当に呼吸が止まってしまいそうで怖い。

その腕に縋り付くように懇願すれば、笑みを浮かべていたサイファスの表情が心配そうに変化した。

「まだ痛むか？　俺はお前を苦しめているか？」

緩く首を横に振った。

痛いのではない、苦しいのとも少し違う……いや、内側を限界まで広げられる圧迫感は確かに苦しくもあるのだけれど。

「……ちが……きもち、良くて……」

「んん？」

「……気持ち良いの……すごく……だから、その……息が止まりそうで…………」

こんなことを言うのは恥ずかしい。それこそ顔から火を噴きそうなくらいに。

でも心配する彼をこれ以上不安にさせるわけにはいかないと、どうにか言葉を押し出したのだが……結果から見て逆効果だったようだ。

「えっ」

もうこれ以上は無理だと思うくらい大きかった彼のそれが、腹の中でさらに膨らんだように感じた。

目を白黒させながらサイファスの顔を見上げれば、彼は己の顔を片手で押さえて何か呻くように呟いている。

隠された手の下の肌や耳が赤く染まっているように見えるのは気のせいだろうか。

部屋の中がほの明るいくらいの照明しかないから、見間違いかもしれない……けれど。

「……うそだろ……殺す気か…………いや、俺に殺されたいのか……？　さすがにまずいだろう……？」

「えっ……あの、サイファス……？」

何やら殺すとか殺されるとか、非常に物騒な発言が聞こえた気がする。

まさか彼に殺意を抱かせるくらいひどい言葉を口走ってしまったのかと青ざめたが、そうではなかった。

ぐっと彼がその上体を倒してきた。すると深くまで収められていたそれが、また違う角度で奥を抉ってきて「うっ」と短い声が漏れてしまう。

ビクビクと震えるジュリアの華奢な身体を両腕で抱きしめるように深く抱え込みながら、サイファスは耳に直接囁くように告げた。

「動くぞ。今夜は眠れないと思え」

「な、え、あっ、あぁん‼」

直後、宣言通りサイファスが動いた。ズッ、と音が鳴るほどの勢いで身を引いたかと思えば、すぐに沈めてくる。

彼自身へと隙間なく貼り付いていたジュリアの中は、彼が動く度に振り切られ、あるいは押し込まれるように吸い付いて、粘膜同士が擦れて潤滑油が空気を含み鳴らされる、聞くに堪えない淫らな音が響き渡った。

その音に重なるように響くのが、ジュリアの嬌声とサイファスの息づかいだ。

彼は単純な前後運動だけでなく、円を描くように腰を回し、時に浅く、時に深く抉ってくる。

身もだえするように身を捩っても、ジュリアの華奢な身体を抱え込み、時には膝の上に載せるように揺さぶられると、立て続けに襲いかかる官能の波から逃れることもできず、できることは彼の身に縋り付いて身も世もなく喘ぐことだけだ。

「あ、あっ、あん、ああっ！」

お腹の中が熱い。

さっきから発火しているのかと思うくらい熱くて、ドロドロに溶けた何かが身体の奥底で渦を巻いている気がする。

ジュリアの声は苦しげにも聞こえるのに、それ以上に甘くて、半ば強制的に高められる官能に彼女は何度も果てを見た。

きつく締め上げるジュリアの中で、サイファスもまた熱い迸《ほとばし》りを叩《たた》き付《つ》ける。

けれど彼はまだまだジュリアを解放してはくれない。

「う、あ……」

ずるりと身を引き抜いたかと思えば、今度は自身が下になってジュリアをその上に乗せてくる。

そそり立つ雄芯に跨《また》がるように両足を開きながら、ジュリアは目の前でチカチカと星が散って焦点が定まらない瞳のまま、ゆるゆると己の腰を落とした。

「っっああああああっ！」

自分のものと思えない声が喉の奥から迸ったのは、自重《じじゅう》でより深くに迎え入れたせいと、下から強く叩き込まれたせいだ。

サイファスの先端が快楽で下がった子宮の入り口をぐりぐりと抉り、さらに奥へと食い込もうとする。

そんなに強く抉られては痛いはずなのに、ジュリアの目覚め始めたばかりの性感帯に上手く当たるのか、自らも腰が揺れて止まらない。

「や、だめ、だめ、壊れちゃう、くるしい、だめ……！」

殆ど泣くように訴えた。

「その割には自分で随分積極的に動いているみたいだが……気持ち良いか？」

サイファスの声も揺れている。

彼はまだ服を中途半端に身につけているのに、そのシャツは既に汗でびっしょりで、はだけられた胸もしとどに汗で艶めかしく濡れ光っている。

綺麗な筋肉の形に割れた彼の腹に手をついて、己の身を揺さぶるジュリアの姿は、まだ色事に物慣れない娘の姿には見えないだろう。

苦しいのは本当だ。

はち切れそうで、熱くて、疲れていて、いっぱいいっぱいで、なのに自ら腰を揺らす動きが止まらない。

揺れる彼女の胸にサイファスが手を伸ばし、滅茶苦茶《めちゃくちゃ》に揉み拉きながらその先を捏ねられると、明らかにジュリアの中は搾り取るようにうねって内側の雄を締め上げる。

「気持ち良い、いい、良いの、止まらない、怖い……、あっ、あ、っく」

後半は泣きじゃくるように叫びながら達した。

と同時にサイファスの下腹部が痙攣《けいれん》するようにわななないて、彼自身苦しげに眉間に皺を寄せながらも己の欲を吐き出す。

二度の精を受け止めて、既にジュリアの中に収めきれない白濁が繋がった箇所から溢れ出る……だが、彼らの夜はまだまだ終わらない。

すっかり力を失って身を投げ出したジュリアの背後から、サイファスが再び身を沈めたのはそれからどれほどの間をおいてのことだろう？

「あ、あ、あぁ、んんっ！」

断続的に喘ぎながら、ジュリアは随分長いことその身体を揺すられていた。

途中、幾度か意識を落としながら、もう数えることもできないくらいに果てを見たジュリアが記憶しているのは、カーテンの隙間から差し込んできた白み始めた朝の光だ。

（ああ……本当に、寝かせてもらえなかった……）

それを最後に彼女の意識は完全に落ちる。

まるで死んだように身動きしなくなったジュリアを、サイファスが再び介抱することになるのはその直後のことだ。

疲れ切った身体をようやく癒《い》やして目覚めたジュリアは、獰猛な金色の瞳を持つ肉食獣に甘やかされながら繰り返し貪り食われ、衣服を身につける暇も与えられずにその寵愛に溺れた。

濃厚な二人の情欲は、一度収まってもまたすぐに蘇り、若い二人は幾度もその身を繋げ、そして求め合うこととなるのだった。

終章

内乱扇動に関わった複数の貴族たちが罰せられたのは、皇后リキアが囚われて一週間後のことだった。

その処罰された者の中にはアーネストもいる。

結果的に加担した貴族たちは全財産を取り上げられ、平民へと身分を落とされた者もいれば、労働刑を受けた者もいる。

そうした者たちから取り上げた財産は荒らされた西部の土地や民への賠償に充てられた。

一方でリキアは内乱が未遂で終わったこと、また皇后という身分から、彼女らの罪が公に公表されることはなかったが、帝都から遠く離れた北の離宮に幽閉され生涯そこから出ることは叶わないだろう。

騒動後、一年ほどが過ぎてようやく人々の記憶から罰せられた貴族たちや、消えた皇后の話題が薄れた頃、第二皇子サイファスとシェーンリッチ伯爵令嬢との婚礼が執り行われた。

折しも婚礼当日は雲一つない晴天に恵まれ、城下では多くの民が二人の婚礼を祝福した。できるだけ早く結婚を、と望んでいたサイファスの望みは結局一年お預けとなったが、その分盛大に、暗い出来事を吹き飛ばすほどの国中の慶事となったのである。

その五年後、現皇帝がその座を退き、皇太子エレファンが即位、新たな皇帝となる。

同時期に第二皇子サイファスは臣籍へ下り、新たにロンドバーグ公爵を名乗り、帝国軍大将として主に軍事的な部分で兄を良く支え、よく勤めた。

そしてその妻ジュリアは、帝国で初めての女性式部官としてこれまでの複雑な式典作法の見直しを図り、良き文化はそのままに、複雑すぎて意味のなさない部分は整理や廃止を行って新たな文化への道しるべを作り上げた。

ロンドバーグ公爵サイファスの妻、ジュリアは後年にこんな言葉を残している。

「作法はこれまでの歴史と相手への敬意を表すために欠かせない必要なものです。けれどその作法が逆に人を陥れる道具となってはならない。私たちは心ある人として、いついかなる時も、身分や立場にかかわらず相手への敬意を忘れてはならないのです」

妻との間に二男一女の子供に恵まれ、猛々しく勇ましい軍人として名を轟《とどろ》かせたロンドバーグ公爵は、愛妻家の夫であり子煩悩な父親としても国民に広く知られている。

あとがき

こんにちは、逢矢沙希です。

「婚約破棄された才女ですが軍人皇子と溺愛レッスン始めます！」をお手にとっていただきありがとうございます。

なんとヴァニラ文庫様で3作品目となりました！

今回は、なんといってもヒーローを書くのが本当に楽しかったです。

お話を書く前にはもちろんキャラクターのイメージや性格は決めて執筆に入るのですけども、書いている内に、これはちょっと違うな？　と修正が入ることも少なくありません。ですが今回のヒーローは最初から最後までブレがない、珍しいキャラになりました。やっぱりお色気たっぷりのエロい軍人皇子という設定が利いたんでしょうか。

原稿とは別に作成したキャラ表に、サイファスのところは色気だのエロいだのと書き連ねてあって、後で読み返してどんだけだよ、と我ながら笑ってしまったくらいです。

どちらかというと前二作が結婚までは待てのできるわりとお行儀の良いヒーローだったので、ちょっとケダモノ系も書いてみたいなと思いチャレンジしたヒーローです。

イメージとしては黒豹ですかね。しなやかで獰猛で黒い毛皮が美しい肉食獣。

対するジュリアはお皿の上で震えるウサギかな。普段はわりと理性的な才女なのに、サイファスに迫られるたびにあわあわする可愛いヒロインも書いていて楽しかったです。

そんな二人を素敵に描いてくださった、赤羽チカ先生、ありがとうございます！　いただいたキャラデザはサイファスが本当にけしからんくらい色っぽくて格好いいし、ジュリアはふんわり可愛くて、私はこんな可愛い子をケダモノヒーローに差し出してしまったのか……！　ごめんよ～！　と思いつつ、でもニヤニヤしました、最高ですね！

是非イラストと共にお楽しみいただけると嬉しいです。


今回も担当様にはたくさんご尽力いただき、いつも本当にありがとうございます。

またこの作品に関わってくださいましたデザイナー様、校正様、出版社様や関係者の皆様に深くお礼申し上げます。

そして読者様。皆様のおかげで私は今日も作品を執筆することができています。

ありがとうございます。

どうかまた次作でもお会いできますよう願っております！

逢矢沙希

Vanilla《ヴァニラ》文庫 好評発売中！

ドルチェな快感♥とろける乙女ノベル

あなたは私が望んだ大切な妻だ

定価：700円＋税

人嫌いな大公と結婚したら 愛が深すぎて卒倒しそうです！

逢矢沙希　ill.氷堂れん

臆病な小動物系公女ユーフィリアは、帝国の皇弟である大公アレクシスと結婚することに。麗しくも人嫌いと噂の旦那様に卒倒しそうになるが、予想外に優しく慈しみをもって愛される。「あなたは私が望んだ大切な妻だ」戸惑いながらも、甘く触れられ快感を覚えさせられていく。彼への恋心が募っていく最中、二人を引き裂こうとする令嬢が現れて……!?

Vanilla文庫 好評発売中！

ドルチェな快感♥とろける乙女ノベル

ああ、可愛いな……堪らない

定価：640円＋税

悪役王女は婚約破棄されたけど隣国の公爵に溺愛されました

逢矢沙希　ill.芦原モカ

稀代の悪女と噂される王女カルディナは、隣国の王太子に婚約破棄されるが、代わりに彼の護衛騎士隊長である公爵のヒューゴと結婚することに。評判に惑わされず、「私は仮面の下のあなたの本当の顔に大変興味があります」と甘く迫ってくるヒューゴ。ある理由から条件付きでそれを受けるも、情熱的に溺愛してくる彼にドキドキが止まらなくて……⁉

原稿大募集

ヴァニラ文庫では乙女のための官能ロマンス小説を募集しております。
優秀な作品は当社より文庫として刊行いたします。
また、将来性のある方には編集者が担当につき、個別に指導いたします。

◆募集作品

男女の性描写のあるオリジナルロマンス小説（二次創作は不可）。
商業未発表であれば、同人誌・Web 上で発表済みの作品でも応募可能です。

◆応募資格

年齢性別プロアマ問いません。

◆応募要項

・パソコンもしくはワープロ機器を使用した原稿に限ります。
・原稿は A4 判の用紙を横にして、縦書きで 40 字 ×34 行で 110 枚 ~130 枚。
・用紙の 1 枚目に以下の項目を記入してください。
①作品名（ふりがな）/②作家名（ふりがな）/③本名（ふりがな）/
④年齢職業 /⑤連絡先（郵便番号・住所・電話番号）/⑥メールアドレス /
⑦略歴（他紙応募歴等）/⑧サイト URL（なければ省略）
・用紙の 2 枚目に 800 字程度のあらすじを付けてください。
・プリントアウトした作品原稿には必ず通し番号を入れ、右上をクリップなどで綴じてください。

注意事項

・お送りいただいた原稿は返却いたしません。あらかじめご了承ください。
・応募方法は必ず印刷されたものをお送りください。CD-R などのデータのみの応募はお断りいたします。
・採用された方のみ担当者よりご連絡いたします。選考経過・審査結果についてのお問い合わせには応じられませんのでご了承ください。

◆応募先

〒100-0004　東京都千代田区大手町 1-5-1　大手町ファーストスクエアイーストタワー
株式会社ハーパーコリンズ・ジャパン　「ヴァニラ文庫作品募集」係

婚約破棄された才女ですが
軍人皇子と
溺愛レッスン始めます！

Vanilla文庫

2024年3月20日　　第1刷発行　　定価はカバーに表示してあります

著　　者　逢矢沙希　©SAKI OUYA 2024
装　　画　赤羽チカ
発 行 人　鈴木幸辰
発 行 所　株式会社ハーパーコリンズ・ジャパン
東京都千代田区大手町1-5-1
電話　04-2951-2000（営業）
0570-008091（読者サービス係）
印刷・製本　中央精版印刷株式会社

Printed in Japan ©K.K. HarperCollins Japan 2024 ISBN978-4-596-53921-2

乱丁・落丁の本が万一ございましたら、購入された書店名を明記のうえ、小社読者サービス係宛にお送りください。送料小社負担にてお取り替えいたします。但し、古書店で購入したものについてはお取り替えできません。なお、文書、デザイン等も含めた本書の一部あるいは全部を無断で複写複製することは禁じられています。

※この作品はフィクションであり、実在の人物・団体・事件等とは関係ありません。